集英社オレンジ文庫

建築学科のけしからん先生、天《てん》明《みよう》屋《や》空《たか》将《と》の事件簿

せひらあやみ

本書は書き下ろしです。

イラスト／けーしん

建築学科の《KENCHIKUGAKKANO》けしからん《KESHIKARAN》先生《SENSEI》、天《てん》明《みょう》屋《や》空将《たかと》の事件簿

せひらあやみ

第一話　バルセロナ・チェアは知っている

1

「ねえ。杉松《すぎまつ》って、眠れない時とかってあるほう？」

大学の講義を終えた、四月のある午後だった。

目を泳がせながら、月島小梅《つきしまこうめ》は足早に前を歩く男に訊《き》いた。そわそわとして、さっきからアイスコーヒーのストローをかきまわす手が止まらない。指先を、プラスチックカップに浮いた水滴が濡らしていた。

「なんていうか、ほら……。誰かに見られてるような気がしたりとかで、落ち着かない時って、誰にでもあるでしょ」

すると、行き先も告げずに小梅を連れて工学部の学舎を進む杉松という男は、バカにしたように鼻を鳴らした。

「ない。眠れないとか、メンタル弱すぎて草生えるお」

杉松は、癖のある喋《しゃべ》り方でそういった。もう慣れたが、やはりどう考えても奇異だ。リアルでは聞いたことのないこの喋り、一昔前のオタク風ネットスラングの嵐である。それに加え、やたらに丸い体軀《たいく》とヒビ入りの丸眼鏡もかなり個性的――これが杉松だ。本人曰《いわ》く、これら奇天烈《きてれつ》な見た目と喋りは交友関係にフィルターをかけるために敢《あ》えてやっているらしい。表面的なことで判断する人間を端《はな》からシャットアウトしたいとかなんとか。

フィルターを潜り抜けた身であるから、なにもいうまい。そう思いつつ、小梅は肩を落とした。

「……まあ、だよね」

「なら訊くなし」

やはり訊く相手を間違えたか。

このアホの極みみたいな変わり者は、カレーラーメン愛好サークルこと『カレーメン』という緩々《ゆるゆる》なサークルで捕まえた数少ない友人だ。奇妙なことに、男嫌いと女嫌いで嗜好《しこう》が一致し、不思議とウマが合う。藁《わら》にも縋《すが》る思いで、小梅は頼んだ。

「でさ。杉松バイトしてないでしょ。悪いんだけど、しばらく駅からの送り迎え、頼めないかな。お礼もちょっとは出すから」

「アウト。院生の忙しさ舐めすぎだお。月島氏」単位を落としすぎて留年スレスレのくせに、よくいう。「そもそも、『でさ』から、どうしてそんな話に繋がるん。意味がわからんぞ。百字以内で説明しれ、簡潔にな」

「いや、だからさ……。なんか最近、時々ちょっと怖いんだよね。なんていうか、誰かに見られてるような感じが、しないでもないっていうか。あたし一人暮らしだし、不安で夜あんまりよく眠れないんだ」

もごもごと小梅がいうと、杉松が目を光らせた。

「なんなんだ、それは。ストーカーってことか？　根拠はあるのか。女は被害者意識が過《か》剰《じょう》だからな、根拠が勘だけなら聞く耳持てんな」

偏見丸出しみたいな発言だが、たしかに証拠はなにもない。小馬鹿にしたようにまた鼻を鳴らした杉松に、小梅は意を決した。

「あの、誰にもいわないでほしいんだけど。実は昨日の夜、家《うち》の庭で――」

その瞬間だった。

杉松の目指す先にある開きっ放しのドアの向こうから、突如《とつじょ》として怒声が響いてきた。

「信じられない！　あなたって、本当に最低な人ね!!」

パシャッと水の零《こぼ》れるような音が響いたかと思ったら、今度はすぐに乾いたパン！　という破裂音が続く。直後、誰かがヒールを乱暴に踏み鳴らして部屋から出てきた。若い女だ。頬が怒りに紅潮し、眉間《みけん》に深々と皺《しわ》が寄っている。彼女はハッとしたように杉松と小梅を見ると、目を伏せて足早に立ち去ってしまった。

（な、なに？　今の……）

杉松に訊こうとしたのだが、その前に彼は毬《まり》が転がるように部屋へ駆け込んでしまった。

「先生！　ご無事でありますか！」

「え、ちょっと待って、杉松――っ」


杉松を追って部屋へ入り、小梅は目を瞬《またた》いた。

まず目に飛び込んできたのは、所狭しと置かれている変わった形をした無数の椅子だ。

部屋の中は、結構広い。壁には、隙間なく書棚が並んでいた。

そして、部屋の真ん中には、黒い革張りの椅子に足を組んで座っている若い男がいた。銀色の脚が交差して支えるその椅子に、彼の姿はピタリと嵌《は》まっていた。まるで、彼のためにデザインされたような椅子だ。

なにごともなかったかのように白いコーヒーカップに口をつけている彼の鼻の高い顔立ちは意外にも端整で、小梅は驚いた——いや、驚いたのは彼の容貌《ようぼう》にではない。その出で立《た》ちにだ。彼のシャツはコーヒーの茶色い染みに濡れ、ついでに頭には今彼が口をつけているものと揃いのカップが載っかっていた。まるで『不思議の国のアリス』のティーパーティーにでも出てきそうな姿だ。

（なんなの、この人……）

絶句している小梅を置いて、杉松が『先生』のもとへと駆け寄った。

「大丈夫でありますか⁉　先生」

「ああ、君《きみ》か。そう心配しなくても平気だよ。コーヒーが冷めていたのが救いだった。シャツにはちょっと、前衛的な柄がついてしまったけど」

こともなげにそう答えると、先生は、カップの帽子を取って机の上に置いた。至って平静な顔をして、『先生』は机の上からタオルを取って顔を拭いている。

「また失恋ですか、先生。にしては泣いておりませんが」

「うん。そうみたいだね。この部屋の椅子を全部処分しろっていわれたから断ったら振られちゃったんだけど」顔を拭き終わると、『先生』は首を傾《かし》げた。「イマイチ失恋の実感が湧かないのは、彼女に振られるのが二回目だからかな。不思議だね。彼女には、以前一度振られたはずなんだけど」

「おお、おなじ雌《メス》に二度振られるとは。さすがでありますな」感心したように頷《うなず》いてから、杉松が続けた。「なんだ、強がりですか。涙が目尻に滲《にじ》んでおりますぞ」

杉松の指摘どおり、『先生』の目には涙が浮いていた。だが、彼は平然と首を振った。

「コーヒーが目に入ったんだよ。新しく出会った女の子の前で別の女の子のことに心を砕くなんて、僕の主義に反するからね」立ち上がって机にタオルを置くと、『先生』は小梅を見た。「その子、誰？　もしかして君の彼女……なわけないか。彼女はどう見ても生身だ」

急に視線を向けられて、小梅はぎょっとした。思わず緊張する。杉松の女嫌いは筋金入りだが、小梅のはどちらかというと男が苦手だというだけのことに終始する。

「無論。漏れにも選ぶ権利があります」小梅を理不尽に失恋させたあと、杉松はいった。

「ちょうど此奴《こやつ》からストーカーの相談を受けていたところだったんでありますよ。まあほぼ戯言《たわごと》でしょうが」

「え、ちょっと、杉松っ……」

誰にもいうなという頼みは、あっさり反故《ほご》にされてしまったらしい。慌てている小梅を指差し、杉松は『先生』を見た。

「紹介が遅れましたな。この女は月島小梅。経済学部の二年生にして、先生の熱烈ファンであります」

「！」

杉松の言葉を聞いた瞬間、他の思考が吹っ飛んだ。

この『先生』の正体が、ふいにわかってしまった。

たしかに杉松のいうとおりだ。小梅は、彼の大ファンといっていい。

ぎょっとしたまま、小梅は『先生』を見た。

「……もしかして、天明屋《てんみょうや》先生？」

思わず指差した小梅に、先生は笑った。

「へえ、そうか、君が月島さんか。会えて嬉しいよ。日本じゃ僕の作品のファンなんて珍しいからね」

「え、本当に？　嘘でしょう」

「なんで」

「だって、若すぎ……」

「僕が？　そう。ありがとね」

まんざらでもなさそうに答え、先生はドアの表に提《さ》げられた部屋表示《ルームプレート》を小梅に見せた。

部屋に入る時にはドアが開け放されていたから見逃していた。そこには、たしかに『工学部建築学科常勤講師　天明屋空将《たかと》』と振り仮名つきで書かれている。小梅は穴の開くほどその文字を見つめた。

空将。くうしょうと読むのだとばかり思っていた。だから、てっきりお坊さんのような人物を想像していた。どこを調べても顔写真は出てこなかったが、見てくれのいい人間がクリエイティブな仕事をすれば顔を公表するものだというのは小梅の先入観だったらしい。

あまりの状況についていくのがやっとな小梅をよそに、天明屋は、また黒い革張りの椅子へ座った。それを見て、意外そうに杉松がいう。

「おや、バルセロナ・チェアでありますか。今しがた振られたばかりだというのに」

「新しく知り合った女性の前じゃ、名前のある椅子には座らない。礼儀だよ」

「また、戯言を。座れなくならないようにそのバルセロナ・チェアにだけは名前をつけないだけのくせに」

ニヤニヤと笑う杉松に、天明屋が首を振った。

「失礼だな。僕だって運命の女性と出会えれば、新しい椅子を部屋に増やさなくても済む。ただなかなか、僕を理解してくれる女性に出会えないだけで」

「先生を理解するなど、無理ゲーでありましょう」杉松は、わざとらしく本を読み始めた天明屋と小梅を見比べた。「月島氏、おまいさんも先生に不毛な憧れを抱くのは勧めんぞ」

呆気《あっけ》に取られている最中《さなか》にいきなり話を振られ、小梅は目を白黒とさせた。

「……は、え!? な、なにを急に」

「一応忠告しておこうと思ってな」止める間もなく、杉松は己以外のすべてを置いていく速さで喋った。「この通り、天明屋先生はこの業界では有名な変人でな。三度の飯より女が大好きで、惚《ほ》れっぽいわりに光の速さで捨てられて、次が見つかるまで大袈裟《おおげさ》に落ちこむ。自己中で常識ゼロ、建築家としては一流でも、気に入らないとすぐ仕事を投げるから国内の業界での評判は最悪。建築学科の加古川《かこがわ》教授に目をかけられて常勤講師なんかしてるが、肝心の講義は手抜きもいいとこだ。このデザインチェアの山も、天明屋先生の趣味でな。全部著名な建築家とデザイナーの作品なのだが、使いもしないのに何脚もあるなとは思ったら、先生は女に振られるたびにその女の名前を椅子につけてるんだ。そっちがマリア、これがセレナ。で、この浮かれた容貌《かお》した椅子《メス》が……なんでしたかね」

ぺらぺらと一人劇場を繰り広げた杉松が、天明屋に目をやった。が、本に夢中という設定なのか、天明屋は無視を決めこんでいる。すると杉松が手を打った。

「おお、ヴァイオレットでしたな」

小梅はぽかんと口を開けた。

（……外人専？）

片仮名ばかり挙がった名前に、小梅は呆気に取られた。天明屋の経歴なら知っている。彼はずっと海外にいたのだ。なら、外人専門でも頷ける。しかし、さっきの女性は日本人だったはずだが――。

疑問はともかく、これ以上なにもいうなと目で訴えたのだが、こういう空気を察する能力が決定的に欠如している杉松は止まらない。杉松はクフフと笑ってこう続けた。

「まあ、人として終わっているというのはこの業界の一流人にはよくあることなのだがね」

「待ってよ、杉松！　そんなこと聞いてないから。あたしは天明屋空将個人のファンじゃないし、別に人として終わってたって関係ない……」

なかば天明屋に聞かせるようにそう主張すると、当の本人が顔をあげた。驚いて顔を向けると、目が合う。彼は小梅を見てにっこりと笑った。

「そう、よかった。この趣味明かすと大抵の女の子は引くからね」

優しい声。だが、聞かせる気ではあっても会話に入ってくれとは思っていない。しかも、前半の『個人のファンじゃない』という言葉は、ちゃっかり耳を素通りしているらしい。

天明屋の目を見て、小梅は悟《さと》った。こちらの内心の動揺はたぶんすっかり見透かされていて――、彼は、小梅の小さな容量《キャパシティ》で処理しきれるような男ではない、と。

2

小梅が天明屋空将の作品と出会ったのは、高校最後の冬休みのことだった。

従兄弟《いとこ》たち総出で向かったヨーロッパ旅行は、出資した祖父の言葉を引用すれば遊学とのことだった。親戚《しんせき》連中との旅は経済格差を感じて気が進まなかったが、父の手前断ることはできなかった。

欧州の何カ国かを巡り、最後は祖父の勧めのあった富裕層の別荘地街をまわった。そこに天明屋の設計した邸宅はあった。祖父が口利きをしてくれて、小梅たちは邸内を見学することができたのだった。

あの時の衝撃は、今も鮮明に覚えている。

旅疲れた従兄弟たちがおざなりに見学する中で、小梅だけはその邸宅に取り憑《つ》かれたように足が動かなくなってしまった。

なにが魅力なのか具体的にわかったわけではない。ただその邸宅に、生まれて初めて自分の居場所を見つけたように感じてしまった。そういう風に感じる人は少なくないようで、天明屋空将は、長らく活動の拠点としていた欧州で数多くの著名な賞を受賞している。

あの天明屋空将とこんなに早く、しかもこんな形で会えるとは思わなかった。けれど、期待や不安や妄想は、恐るべき杉松の猛攻で砕かれてしまった。

「先生。月島氏はこう見えて頭は悪くありません故《ゆえ》、下手にちょっかい出すとセクハラで訴えかねませんぞ。くれぐれもお気をつけを……というか、学生に手出さないくらいの分別は持ち合わせておられるんですか？　先生は」

「あるある、学生に手を出さないくらいの分別」軽い。それはもう、高級羽毛布団の羽毛くらい、軽い。「月島さんから誘ってくれるなら別だけど」

大慌てで、小梅は首を振った。「さっ、誘いませんよ。なにいってるんですかっ」

「じゃ、気が変わったらいつでも連絡ちょうだいね」

「しません、絶対！」そういってから、小梅は眉間を寄せた。天才だと思っていた孤高の若手建築家のイメージが、完全にぶっ壊れてしまった。「なんか……意外でした。先生が、こういう方だったなんて」

「よくいわれるんだ。見た目と中身にギャップがあるのかな。悩んでるんだよ」天明屋は神妙に頬を擦《さす》った。「あ、杉松君、その椅子《マリア》は駄目だよ」

「これは異なこと。立ち直ったんではないのでありますか。結構マリアは好んでいるんですがね」ブツブツいいながら、杉松は今腰かけた白いデザイナーズチェアを見た。「アアルトのパイミオチェアをただ腐らせておくとはもったいない。無駄遣いの極みですぞ」

「杉松君、本当の贅沢《ぜいたく》とは好きなものを好きなように使うことだよ」

「なるほど。至言でありますな」

杉松がセレナに座りなおすのを見て、天明屋は満足げに頷いた。

「理解したか、月島氏。おまいさんは漏れを変人扱いするが、そんなことをいったら建築学科の他の猛者《もさ》どもに失礼だ。院生にすらもっと濃い奴はいるというのに。憧れの建築家に弟子入りという名のストーカーをするために大学から消えたのや、有名建築家の隠れた名作を探しだしては不法侵入を繰り返して警察沙汰《ざた》の挙げ句留年三昧《ざんまい》のや、期限切れの課題を教授に受け取らせるために二時間かけて屁理屈をこねくりまわすの等々……」

その時だった。

ふいに、廊下の外から室内までコツコツという甲高い音が響いてきた。それは、またもヒールが床を叩く音——だが、今度は廊下を楽しげに歩いてくる。

すぐに、開きっ放しになっているドアから、愛らしい丸顔が覗《のぞ》いた。おなじ大学の学生らしい。若い女の子だ。それも二人。

「あのー。天明屋先生、いますか?」

「約束しましたよね、課題のわからないところを教えてくれるって」

彼女たちは嬉しそうにそういった。中にいる杉松の存在は無視し、小梅のことは警戒するようにちらりと見て。

呆気に取られていると、天明屋が立ち上がった。「ああ、あれ、今日だっけ」

「ですです」

「忘れないでくださいよお」

次々と頷く彼女らを見て、天明屋はさっさとドアに向かった。

「いいよ、今行く。それじゃ杉松君、鍵しめといてね。それから月島さん、さっき杉松君から出た話だけど」名前を呼ばれ、小梅の心臓が跳ねた。「相談相手の人選を見る限り、君は大事にしたくないいんだろうけど。悪いことはいわないから、若い女の子の身で無理をしないことだね。君に、怖い目に遭ってほしくない」

「！」

ハッとして、小梅は天明屋を見た。彼がいっているのは、杉松が口を滑らせた小梅のストーカーの件だ。聞き流してくれたと思っていたが、違ったようだ。天明屋は、小梅の驚いた顔を見ると、唇の端をあげて笑った。「それじゃね」

「先生、そのシャツどうしたんですかあ？」

「結構いい柄だと思わないかい。こんなの、なかなか店じゃ買えないよ」

嬌声《きょうせい》に囲まれたまま、天明屋は去っていってしまった。『異性に不自由しません』とその背にデカデカと貼ってあるように見えた。

無言でドアを閉めに行った小梅の背に、「チャラついたメスどもはともかく」と声が投げられた。「おまいさんはどうだった？　月島氏。変わってはいるが、なかなか面白い御仁だろう。天明屋先生」

ゆらりと振り返り、小梅はいった。

「杉松。あんたにはじっくり話があるから」

小梅の形相を見た杉松が、「ヒェッ……」と悲鳴をあげた。

3

たっぷり二時間も説教してしまった。

杉松は趣味の巨大模型製作に没頭するばかりで、馬の耳に念仏もいいところであったが。

「はぁ……」

それにしても、ストーカーの相談をしたというのに、杉松に親身に話を聞いてくれる素振りはなかった。もしかしなくても、自分は友人選択を大きく誤っているのだろうか。

「でも、やっぱり自分でなんとかするしかないよね。……まだ本当にストーカーかわからないんだし」

そんな状況では、薄情な杉松でなくても、送り迎えなんて図々《ずうずう》しい頼みを聞いてくれるわけがなかった。

――夕暮れが近づいた大学の構内は、静かだった。

人気《ひとけ》のない廊下を進み、ふと小梅は後ろから尾《つ》いてくる足音に気がついた。ヒールではない。乱雑なその音は、男のものに感じた。振り返るよりも前に、まず思い当たる。まさか――昨夜庭にいた男なのだろうか。そう思った瞬間、全身が総毛だった。

（大学でまでって……、嘘でしょ!?）

気がつけば、小梅は駆け出していた。尾けてくる足音も、それにつれて駆け足に変わる。

喉《のど》が引き攣《つ》れて、声が出なかった。一度も振り返らないまま大学を出て、小梅は大学最寄りの神保町《じんぼうちょう》駅の入り口へと飛び込んだ。

「はぁっ……、はぁっ……」

息が切れる。都営三田《みた》線のホームに着くなり周囲を見まわしたが、こちらを見ている怪しい人物はいなかった。すぐに小梅は、ホームに流れ込んできた帰りの電車に乗った。自宅から最寄りの白山《はくさん》駅で降りて、一人暮らしには広すぎる三階建ての自宅に急いで飛び込む。

（どうしよう……、あたし……）

二階にあるリビングまで駆け上がると、小梅は膝《ひざ》を抱えて蹲《うずくま》った。

約一年前、大学入学と同時に住み始めたこの家は、一風変わっていた。古びた外壁には蔦《つた》が絡み、ガレージみたいに柱の乱立した一階のポーチの先には玄関しかなく、屋上には小さな庭までついている。きっと建築当初はかなり洒落《しゃれ》たイメージだったんだと思う。けれど、築年数が築年数だ。今は幽霊屋敷とでも呼んだほうが相応《ふさわ》しそうだった。

このリビングで、昨夜男を見たのだ。窓から見下ろせる庭に、見たこともないその男は無言で立っていた。小梅を、ただじっと見つめて。

天明屋の指摘は正しかった。小梅に警察に行くという選択肢はない。警察に相談すれば、実家に連絡が行く。幸運と無理を重ねて地元を離れたのに、実家に戻るのだけは嫌だった。親に黙って進学先を東京の大学に決めて以来、ずっと自分のことは自分で判断してきた。今さらあと戻りはできないし、したくない。小梅は、まだ震えている膝を抱きしめた。

自力で頑張らなくてはならない。たとえ、どんなに怖い目に遭ったとしても。

——おなじ時、その男は、つい今明かりが点《つ》いたばかりの二階のリビングの窓を、目を細めて見守っていた。

月島小梅の帰宅時間はいつもと違っていた。彼女に何時間も待たされたのは久しぶりだ。腹は立っていたが、待った甲斐《かい》はあった。カメラから覗いた彼女の横顔は、数日前よりずっと青ざめていた。昨夜庭に立った効果は十分に出ている——彼の存在を、肌に感じているようだった。薄く笑うと、彼女が家に飛び込んだあとも、男は何枚も写真を撮った。興奮に、手がじっとりと汗ばんでいく。無数にシャッターを切り続けた。

ようやくカメラから目を離すと、彼は、写真の束を取り出した。それは、あらかじめ印刷しておいた、この家の付近で小梅を撮影したものだった。凛《りん》として無駄がないスマートな身体《からだ》つきと、理知的で人に媚《こ》びない潔《いさぎよ》い表情。写真に映るその姿は、ただ愛《いと》おしかった。

(約束するよ。僕はずっとそばにいる。いや、今よりもずっとそばに行く。他の誰も、手を触れられないように……すぐに、すぐに、すぐにだ)

彼はそっと、写真の束をポストに差し入れた。これを見れば、月島小梅もわかってくれるだろう。彼が——、どこまでも本気だということを。

4

それから数日後のことだった。杉松がいつものように天明屋の講師室に居座っていると、ふいに天明屋が顔をあげた。

「そういえば、杉松君。君《きみ》、この間、月島さんのストーカーがどうとか話してたね」

「おお、そんな話もありましたな」奇妙な形の模型を作りながら、杉松は答えた。「ま、別段気にするような話ではないと思いますがね」

「そう? 大したことない話なら、わざわざ君に相談してみたりはしないと思うけど」

杉松は、おやと顔をあげた。どうやら杉松の変わり者の後輩は、この暇人銅鑼《どら》建築家の興味を引いたらしい。これは面白くなってきたと、杉松はクフッと口元に手を当てた。

「いやあ、先生は月島氏のこと知らないですから、わからんのでございましょう、ハイ」

「……」

天明屋の表情が、むっとしかめられた。この子供っぽい性格の常勤講師は、こういういい方をされると途端に意地を張って張り合ってくるのだ。どんな些細《ささい》なことにも負けたくないという精神は意志の強さの表れか、それともただの我《わ》が儘《まま》か。

「彼女は僕のファンなんだろ」

「漏れのサークルの新入りであります」そう訂正し、杉松はニヤリと笑った。「ついでにリハビリ協力者でもあるんですがね」

「リハビリ？　なんのための」

「コミュニケーション能力に見つかった微々たる不具合の修正作業です」

「誰の」

「漏れの」

「なるほど」といって、天明屋は疑問の手を挟むのをやめた。

杉松の自認する己の唯一にして最大の弱点は、異性と話す時に声が裏返ってしまうという悪癖であった。それを知った小梅が同情し、いつの日にか杉松が異性と洒落た会話をこなせるよう日常会話という名の特訓に付き合ってくれているのだ。時折、なにかいいたげな目で小梅が杉松を見てくることもあるが、あいにく小梅は杉松のタイプではない。

今は心に決めた女性《ひと》がいるものの、世が諸手《もろて》をあげて受け入れる恋ではないことも知っている。だから杉松は、いつの日にか社会が認める恋人ができた時に困らないように、月島小梅という生物学的には雌のカテゴリーに所属する存在を重宝しているのだ。

「まあ冗談はさておき」杉松は、わざとらしく咳《せき》払いをした。「実は、他に考えてることがありましてな。ストーカーとやらは、月島氏の妄想の産物なのではないか……、と」

「そうなのか？」

「彼奴《あやつ》を観察していればわかります。どうもこう、自意識過剰といいますか、異様に人の目を気にする傾向が見受けられましてな。漏れといる時は平然としている様子ながら、サークルの他の男といる時はやたらとまわりの目を気にしているようです。誰も月島氏なんぞ見てないというのに。アホですな」

「君にはいわれたくないだろうけど。それに、サークルの他の男ってのは君と違ってまともなんだろ？」天明屋は肩をすくめた。「あの年代の女の子ならそんなもんじゃないのかい」

「おろ、ひどい言い草で。その類《たぐい》の理由ならよいのですが、月島氏は変わり者ですからな」

「君と仲良くなるくらいだからね」

「お褒めにあずかり光栄です。先生も人のことといえませんからな」

口を突いて出た自虐《じぎゃく》に一人笑いしながら、杉松は天明屋を見た。彼は、バルセロナ・チェアに背をもたれさせ、足を組んで目を閉じている。杉松は、ニヤリと笑った。

天明屋は、まともに頭を使う時はいつもバルセロナ・チェアに座るのだ。ちょうどいい。

「天明屋先生。そんなに月島氏のことが気になるなら、いっそストーカー退治図のエスキ

ス と洒落こんではいかがでありますかな。意外と面白いかもしれませんぞ」

　エスキスとは、建築業界では、設計の第一段階に当たる下描きやスケッチを作り、そのラフをもとに検討することをいう。建築家が探偵の真似事をするなんて聞いたことがないが、この天明屋には案外お似合いかもしれない。ニヤニヤしながら杉松は続けた。

「暇人の粋《いき》を極めた先生には、ちょうどいい案件でしょう。その開店休業中の頭を使って、先生がいるかいないかわからん月島氏のストーカーを退治してくだされ。先生の可愛《かわい》い教え子たる漏れからのお願いです」

「月島さんは君に相談したんだろ」

「根拠の見当たらない話故、漏れはこれ以上指一本動かさない所存で」あっさり首を振り、杉松はまた趣味の世界に没頭した。「先生に興味がないなら、この話は終わりにしましょう」

　だが、しばらく沈黙が流れたあとで、杉松はボソボソと独り言を呟いた。

「……とはいえ、漏れの記憶が正しければ、天明屋空将建築設計事務所はたしかオープンデスクを探していたはず。これは奇遇な、月島氏などはピッタリの人材ではないか。一応あれでも世界をまわすと噂の女子大生の身の上、さらにはたしか日商簿記《にっしょうぼき》の資格も腰に携《たずさ》え、先生の仕事に理解もある……」

オープンデスクとは、学生が設計事務所で体験的に働く制度のことだ。無報酬《ほうしゅう》であることも多いが、この制度を利用し、そのまま就職する学生は少なくない。

バルセロナ・チェアに座ってだんまりを決めこんでいる天明屋をちらりと見て、杉松は携帯電話を取り出した。「話が決まれば、善は急げですな。では、月島氏を呼びます」

「……自分の考えだけで話を進める癖、直したほうがいいぞ。社会に出てから苦労する」

「先生もそうでしょうに」

「だからいってるんだ」


呼び出された場所が天明屋の講師室であった時点で、疑うべきだったのか。

ドアを開けた瞬間、小梅は猛烈に後悔した。呼び出してきた当の杉松はおらず、代わりに天明屋が一人待っていたのだ。例の黒いバルセロナ・チェアに腰かけ、手には英字の建築雑誌を持って。

「……えーと、あの。杉松……君、知りません？　呼び出されたんですけど、ここに」

「ああ、さっき帰ったよ。最近、白山にあるラーメン屋にはまってるらしくて、また食べに行くって」

「はあ……」

なぜに白山？　小梅の住んでいる駅だが、さすがに追いかける気は起きない。肩に食い込む通学用の重いトートバッグを抱えたまま、小梅は愛想笑いを浮かべた。

「じゃあしょうがないですね。あたしはこれで」

「怒らないのかい」

「え？」

「いや、杉松君にさ。呼び出しておいて帰っちゃったのに」

「それは……」

小梅は口ごもった。杉松の魂胆《こんたん》はわかっている。せっかく紹介したのに小梅が天明屋を避けているから、ゆっくり話す機会を設《もう》けてやろうとでもしたのだ。それも、二人きりで。あとで殺そう。

「大丈夫です。講義終わりにちょっと寄っただけなんで」

心とは裏腹ににっこり笑うと、小梅は部屋を出ようと踵《きびす》を返した。

「ふーん。君は心が広いんだね。それとも、それだけ友達として親密ということかな。杉松君のいうとおり」

「いや親密じゃないです全然」今日この呼び出しを受けた瞬間から、杉松と小梅の友情は崩壊した。「ていうか、いったい杉松からなにを聞いて……」

　声をあげて振り返って、小梅はぎょっとした。いつの間にか天明屋がバルセロナ・チェアから立ち上がり、近づいてきたのだ。

「別に、大したことはなにも」その答えに安堵《あんど》したのも束の間、天明屋は続けた。「ただ、君が去年杉松君のサークルに時期外れに入ってきて歓迎会の日に頼まれてもないのに浴びるほど酒を飲んで泥酔の挙げ句杉松君に絡んで暴行を加えて夜明けまで罵《のの》り合って朝日とともに和解してなぜか親友になったっていう話は聞いたかな」

　人生最大の汚点かつ黒歴史である。天明屋を間近に見つめ、小梅はサーッと青ざめた。

「こっ、誇張です！　歓迎会の日だってたしかに一気飲みのコールとかはなかったもののさんざん『まずは一杯』とか『俺からも注がせて』とか先輩たちにやられたし、そもそも暴力なんて振るってないですから」

「じゃ、言葉の暴力ってことかな」

「違います、それにも事情があるんです。『カレーメン』は男ばっかりのサークルだし身の危険もちょっとは感じてオールが避けられない事態となったから仕方なく取っ組み合いになっても一番勝てそうな相手を選んで女と見られて襲われないように少々大げさに絡んででみただけで、そりゃ多少はいきすぎた発言もあったかもしれませんがそんな危機的事態初めてだったし、むしろ情状酌量《じょうじょうしゃくりょう》の前に正当防衛と緊急避難が適用されるはずで――」

そうしてみごと小梅はサークルで生物学的には女だが限りなく男に近い存在という不名誉極まりない立ち位置を獲得したのだった――が、大慌てで反論を終えて、小梅は我に返った。これでは『言葉の暴力』を全肯定したようなものだ。

おそるおそる見れば、天明屋は口元に洋雑誌を当てて笑いを噛《か》み殺している。

「……すみません、語弊《ごへい》がありました。やっぱり友達かもしれません、杉松と」

「だろうね」

なんでこんなに必死に弁解したのかというと、彼にまで非女《おんなにあらず》の称号をいただきたくなかったからで、いや、この天明屋に女扱いされるのもそれはそれで嫌なのだが……と考え、小梅は辟易《へきえき》した。女扱いしないように女扱いしろとはこれいかに。我ながら面倒くさすぎる。

すると、天明屋がこう呟いた。

「――たしかに彼のことは結構気に入ってるし、君も助手には適した人材だ。うん、悪くない。あれはなかなか的を射ていたな。やっぱり彼は面白い男だ」天明屋は、小梅の顔を覗き込んだ。「実はね、月島さん。杉松君に頼まれたことがあるんだ」

「た……、頼まれたこと……？」

気づけば、背中にドアが当たっている。小梅は天明屋の微笑をビクビクと見上げた。片方の唇がすっと持ち上がる笑い方。まるで、映画の『インディ・ジョーンズ』のハリソン・フォードみたいだ。彼は、微笑《ほほえ》みながらこういった。

「決まってるだろう？　君のストーカー問題の解決」そこで言葉を切り、天明屋は人差し指をピッとあげた。「前言撤回する。僕とデートしよう、月島さん」

――しばらく、思考停止してしまった。

天明屋の目を見つめるうちに、ようやく小梅は我に返った。そして、急いで首を振る。

「ちょ、ちょっと待ってくださいよ。デートって、そんなのするわけないじゃないですか。先生なに考えてるんですか！」

「もちろん、君を助けることを。ストーカーに悩まされてるんだろ？　犯人を捕まえてストーカー行為をやめさせたいなら、炙《あぶ》り出すのが一番手っ取り早い」天明屋は、腕を組んだ。「たとえば、君がひとまわり近くも歳《とし》の離れたおなじ大学の講師にたぶらかされて週末にデートにまで出かける仲ともなれば、ストーカーも動揺するんじゃないかな。あわよくば、犯人の尻尾を摑《つか》むことができるかもしれない」

小梅は、思わず固唾《かたず》をのんだ。

表面ではなんとか平静を装ってはいるが、状況はかなり差し迫っている。家の周辺や小梅を撮った写真の束がポストに入っているのを発見してから、もう何日か経っていた。夜間の移動はタクシー頼みだが、いつまでもそんなことは続けられない。実家や警察に頼らざるを得ないのかどうか、今この瞬間まで小梅はずっと悩んでいた。

（でも……、建築家の先生がストーカーを捕まえるなんて、本当にそんなことができるの？）

それに、怖いのはたしかだが、――それでもやっぱり親には頼りたくない。どうしても。

黙りこんでいる小梅に天明屋は続けた。

「教え子を守るのは指導者たる者の務めだよ。それに無料《タダ》でといってるんじゃない。交換条件だ。もし僕が君のストーカー問題を解決できたら、頼みたいことがあるんだ」

「どんなことですか」

「僕の事務所の助手。低労働低賃金かつ快適で社会を学ぶための実りある労働環境を約束しよう。どう？　コンビニや居酒屋でバイトするよりずっと有意義だと思うけど」

天明屋空将の助手。

ぐうの音も出ないほど魅惑的な提案だった。

それに、本当にストーカーを捕まえて小梅を尾けまわすのをやめさせられるなら――これ以上の条件はない。小梅の沈黙を肯定と悟ったらしく、天明屋は手帳を開いた。

「それじゃ、どこで待ち合わせようか」

「はぁ……」

なんて強引な人なのだろうか。押しきられるように日にちと待ち合わせを決め、小梅は帰路についていた。いつも使っている都営三田線の電車に揺られるうちに、小梅はふと頼ることのできない実家のことを思い出した。

——父は厳しかった。だから、小梅も厳しく躾《しつ》けられて育った。

良い子でいること、堅実な人生、社会の規範に従うこと。それが小梅に課せられたルールだった。真っ当な常識も、融通の利かない父の手にかかれば、すべてが度を越えて突き詰められた。

高校を卒業するまで、家の外でも中でも、厳格な監視の下、小梅に自由はなかった。母は父を諦めていたようだが、これから人生を作っていく小梅はそうはいかない。親との折り合いをどうつけるか、ずいぶん迷った。あの日——天明屋の設計したあの邸宅に入るまでは。

天明屋が生み出したあの邸宅に入った瞬間からだった。親の顔色ばかりを窺《うかが》っていた小梅にとって、本当の人生が始まったのは。

　ヨーロッパ旅行から帰ってすぐ、小梅は決断を下した。地元を出て東京の大学に奨学金《しょうがくきん》で通い、伯母《おば》の持ち物であるあの家に暮らすことにしたのだ。仕送りを断り親と疎遠になるような決断を、父はひどく怒った。家を出て以来、――父とはひと言も話していない。

（あたしって、薄情なのかな。いくら嫌でも学費くらい親を頼るべきだった？　うちにお金ないの知ってるから、自分でなんとかしようと思ったんだけど……）

　そういう配慮も、たぶん父を傷つけたんだと思う。月島家は、少し前から一家揃って空まわってばかりだ。

　自宅のある白山駅に着くと、小梅は緊張した。もうどこにストーカーの姿があってもおかしくない。全速力で駆けて家に辿《たど》り着くと、慌てて鍵をかけて玄関で座りこんだ。

　まだ早い時間だが、実家なら門限オーバーだ。誰もいないのに、父親が今にも足を踏み鳴らして階段を下りてきそうに思えた。ようやく振り切ったはずなのに、誰かに見張られて採点されているような感じは、今もなお消えてはくれなかった。

5

日曜日の昼下がりのＪＲ上野《うえの》駅は、想像以上の人混みだった。

上野動物園に行くのか、家族連れやカップルも目立つ。眩《まぶ》しすぎて目が潰《つぶ》れそうだ。ついでに緊張やら諸々《もろもろ》のプレッシャーやらで、胃袋ごと口《くち》から逆流しそうでもある。

「大丈夫？　今にも倒れそうな顔してるけど」

待ち合わせに現れた天明屋に訊かれ、小梅は思わず虚勢を張った。

「そんなことないです。先生こそ顔色よくないですよ」

「しょうがないだろう。日曜の昼に出かけるのなんて、何年振りかも忘れた」

「引きこもりなんですか？」

「僕の休日は夜から始まるんです」

見上げれば、たしかに白昼に晒《さら》された吸血鬼みたいな顔をしている。今にもサラサラと灰になりそうだが、まさか自分もこんな顔をしているのだろうか。思わず小梅は頬を揉《も》んだ。

「それじゃ、行こう」

すっと掌《てのひら》を見せられて、小梅は両手でバッグを握り締めた。

「つ、繋ぎませんよっ。ていうか、手なんか繋いでうちの大学の人にでも見られたらどうするんですか。いくら建築学科の偉い教授のお気に入りだって、下手したらクビになりますよ。日本に帰ってから講師の仕事しかしてないのに、もう路頭に迷う気ですか」

「そうだねえ。君だけ特別となるとたしかに加古川さんに怒られそうだから、他の学生からの休日のお誘いも次からは受けるしかないだろうな。ある程度は」

「ある程度はって、それ……」

他の学生と聞いて真っ先に思い浮かんだのは、天明屋と初めて会った時に遭遇した二人の女の子だった。止めたかったが、口を挟める立場ではない。天明屋は小梅のために、リスク覚悟で今日この場所へ来てくれている。当の本人は、危機感などなくけろりとした顔をしているようにしか見えないが。

小梅の内心も知らず、天明屋はあっさりとこういった。

「とりあえず今回は、建築学科に興味のある経済学部生の課外学習に付き合ったということにしよう。人目は十分、犯人が人波にまぎれて僕らを尾行するには適した環境だし、なにかあれば周囲の助けも期待できるだろう」

天明屋が小梅を連れてきた先は――ＪＲ上野駅徒歩一分、国立西洋美術館だった。

「知ってた？　この国立西洋美術館は、ル・コルビジェによる設計なんだよ。世界三大建築家の」

「コルビジェは、『近代建築の五原則』というのを提唱して、自ら設計した作品に取り入れていった人なんだよ。一番有名なのはサヴォア邸かな。ピロティ、屋上庭園、自由な平面、横長の窓、自由なファサード……」

天明屋はそこで、ちらりと正面出入り口を見返した。小梅もつられて振り返ると、彼はいった。

「この国立西洋美術館にも、いくつか取り入れられてる。たとえばほら、今通ってきたところ、柱が並んで二階部分を支えてるだろう？　あれがピロティだよ。コルビジェは、本当はもっと広くピロティを作っていたんだけど、改修の時に一列だけ残してエントランスホールに変えてしまったらしい」

「え？」小梅は思わず疑問を差し挟んだ。「そのピロティって、コルビジェの設計の特徴だったんですよね。そんなことしていいんですか？」

「日本はコルビジェの生まれたフランスと違って、地震大国だからね。ピロティは耐震構造としては弱いから、今も広くピロティを取っているのは古い建物くらいのものじゃないかなあ」少し残念そうにいってから、天明屋は続けた。「それでも、コルビジェは世界三大建築家の中でもっとも日本に影響を与えた人物といっていい。日本人の弟子も何人かいるし、影響を受けた名建築は多いよ。そういえば杉松君がいっていたね、うちの学科にもピロティ・マニアの学生がいる」

ピロティ・マニアか。世の中にはいろんなマニアがいるものだ。やはり杉松のいう通り、建築学科の面子《めんつ》はかなり濃いらしい。

美術館に入ってすぐにある売店を抜けて展示スペースに入ると、パッと空から光が差した。たしかにそう思った。

「あ……」

けれど、見上げれば当然ながら建物の中で、屋根があった。一本の柱が支える交差した梁《はり》の向こうに、太陽の光そのもののような天窓がキラキラと輝いていた。空から落ちる光は、そのまままっすぐに展示されたロダンの彫刻群を照らしている。

「……綺麗《きれい》ですね」

「だろう」満足げに頷き、彼も天井を眺めた。「彫刻や絵画だけが芸術じゃない。建築物もまた、芸術の一つなんだ。人の生活を支える衣食住の一角を担《にな》う分、他の芸術よりずっと人に近い」

天明屋の声を聞くうちに、なんだか本当に建築史を学びにここまでやってきたような気持ちになった。

「コルビジェが作ろうとしたこの空間《せかい》は、永遠に広がり続ける無限成長美術館だ。彼は海が大好きだったからね。ちょうど巻貝のように、螺旋《らせん》を描きながら時代に合わせて世界がどんどん広がっていき、いつか、美術館を中心とした街ができる。人の築きあげた文化を愛する街が」天明屋は、今はもう少なくなってしまった自然光を採り入れる天井の窓を見つめながらこういった。「残念なことに、紫外線は美術品を劣化させる。だから、今は設計当初よりずっと太陽の光が入らなくなってしまったけれど」

展示作品よりもコルビジェの設計した国立西洋美術館自体を観ていくうちに、天明屋から小梅に注文が入った。

「月島さん。ちょっと離れすぎだよ。今日の趣旨は理解してるだろう？　そんなところにいちゃ別行動しているようにしか見えないよ」

びくりとして、小梅はトートバッグを握る手を強めた。たしかにさっきから周囲が気になって、天明屋から距離を取ってばかりいたのだ。

「けど、今さらですけど、先生まで巻き込んでしまったらと思って……」

「気にしないで。　いざという時は君を盾にしろって杉松君からもいわれてる」

「え？」

「冗談だ。ほら、こっちにおいで」

　小梅は、また後ろを振り返った。今のところ、怪しい人影は見当たらない。こちらを手招いているおそるおそる天明屋の隣に並ぶと、その途端に肩に手が載る。

「先生！」

　飛び上がる勢いで声をあげた小梅に、天明屋は苦笑した。

「これも駄目？　厳しいな」

「本当にクビになりますよ！　誰に見られてるかわからないのに」

　すると、天明屋が『しっ』という。「声が大きい。ここ、美術館だよ」

　ハッとして口をつぐむ。すっかりまわりが見えなくなっていた。

「よろしい。ついでにもう少し笑ってくれるともっといいな。今日の君は怒ってばかりだよ。心が広いんじゃなかったのか？」

　なんだか隣の男をグーで殴りたくなってきた。

　それでもなんとかニタァッと不気味な作り笑顔を浮かべると、満足げに天明屋も微笑む。

　その笑みにドキリとさせられてしまい、小梅は目を逸《そ》らした。

それにしてもと、小梅は思った。

二十歳《はたち》だというのに、ちょっとデートに誘われて肩に手を置かれたくらいで、こんなに動揺――いや動悸《どうき》が激しくなってしまうなんて、なんてチョロイのか。チョロすぎて、泣けてきそうだ。

「今日、来てると思う？　君のファンの彼は」

「ファンっていうのはちょっと……」

ＴＰＯに相応しいトーンの会話になって、小梅は頭を冷やした。今度は振り返らないで周囲に神経を集中し、考えてみる。

「……すみません、わかりません」

いるような気もするし、いないような気もする。ただ、こうして天明屋のそばにいると、どうしても悪いことをしている気になってしまう。今も、トートバッグの中にはポストに入れられていた写真の束が入っていた。肩が震えているのに気がつき、小梅は唇をきゅっと結んで身体に力を入れた。

国立西洋美術館をまわり終わり、早めの夕食を終えた頃には、すっかり夜になっていた。

天明屋に送られて白山駅を出て、小梅は素直に謝った。

「なにも出ませんでしたね……。無駄足をさせてしまってすみません」

「無駄足なんて思ってないよ、僕は」天明屋は笑った。「今日はたまたま君を尾行していなかったのかもしれない。運と間の良さにかけては自信があったんだけど、まあまだ一回目だからね。どうする？　まだ食べる余裕があるなら、杉松君の紹介してくれたラーメン屋にでも寄ってくかい」

「ありがとうございます。でも、大丈夫です」

首を振って、小梅は浄心寺坂《じょうしんじざか》にある八百屋《やおや》お七《しち》のお墓を横目に見た。ディナーのワインで火照《ほて》った頰を、夜風が心地よく冷やす。

酒にふわふわしている目を通すと、世界はどこも丸味を帯びているように感じられた。こんな夜は、四角四面に堅苦しく生きることばかり考えている自分がバカバカしく思える。薄ぼんやりとする目で、小梅はマンションの合間に見える夜空を眺めた。

「……見られてるとハッキリ感じるようになったのは、四月に入ってからなんです。こう見えて、あたしも男の子に追いかけられることもないわけじゃないんですよ。まわりも若いですし。でもちゃんとほどほどに断ってきたつもりだし、こんな風にこじらせちゃいそうな人の心当たりは全然なくて」

「うん」

若いというだけで需要があることは、この一年で嫌というほど身に染みてわかっている。だから皆見切りも早いし、こんな思い余った行動に出られるなんて予想外だった。

親にも警察にも相談しない理由を、天明屋は訊かなかった。小梅は、それがありがたかった。けれど、家が一歩近づくごとに、魔法が少しずつ解けていくみたいに感じた。もしかしたら、今も見張られているのかもと思えて、小梅は続けた。

「……すみません。ご迷惑をおかけしてるのはわかってるんですけど、どうしても親には知られたくなくて。せっかく苦労して家を出たのに、戻るなんてできません。薄情かなって思う時もあるんですけど」

「ふーん」天明屋は肩をすくめた。「僕も親とは折り合いが悪いから、気持ちはわかるよ。実家に頼るくらいなら、スカイツリーの天辺《てっぺん》からバンジージャンプでもしたほうがマシだ」

「同感です」天明屋の軽い語調にホッとして、小梅は続けた。「視線を感じるのは、はじめは家のまわりでだけだったんです。それが、だんだんエスカレートしてきて、ここ数日は視線を感じたり追いかけてくる足音を聞くことも多くなって。神保町の駅でも、大学の構内でも」

「家のまわりでだけねえ」

説教するでも突っこんで質問してくるでもなく、天明屋は適当に相槌《あいづち》を打った。

「ちゃんと聞いてますか、先生」天明屋を見ると、ほろ酔いなのかふらふらと足取りがおぼつかない様子で、にやけ顔をますます緩めていた。「……先生、もしかして酔ってます？」

「酔ってません。……が、いささか飲みすぎたかもしれません」

「え、まさかお酒弱いんですか⁉　もう、ワインをボトルなんかで入れるからですよっ。大丈夫ですか⁉」

思わず近寄って顔色を見ると、目のまわりが赤い。実際よりも飲めない体《てい》を装ったことを小梅は後悔した。『カレーメン』の歓迎会の一件ですっかり酒の席での失態に懲《こ》りていたからセーブしたのだが、やはりもう少しボトルを空ける協力をするべきだった。

「あたしは一人で帰れますから、駅まで送りますよ」

「そんなわけにはいかない。今日の目的を忘れるほどは飲んでないよ」

「……しょうがないですね」

「お、肩でも貸してくれるのかな」

「貸しませんよっ。いや貸しませんよっ？」

「二度もいわなくても。わかってるよ」そういって、天明屋は笑った。

どうやら、またも上手《うま》くからかわれてしまったようだ。甚《はなは》だ面白くなかったが、それでも小梅はトートバッグの持ち手の片方を差し出した。自分がもう片方を持ち、バッグ越しに天明屋を引っ張って連れていく。

「バッグのそっち持って、ちゃんとついてきてくださいよ。引いてってあげますから」

「はいはい」そう頷くと、おとなしく天明屋は小梅のあとについて坂を登った。そして、二人の間を繋ぐずっしりと重いトートバッグをちらりと見た。「いつも思ってたんだけど、大学生の子が持ってるこの手のバッグっていったいなにが入ってるの？」

「いろいろですよ。レジュメとか、レポート用紙とか、筆箱とか、ポーチとか」

「それだけ？　それでこんなに質量が出るの？」

「そういうもんです」

「神秘だな。中見ていい？」

「駄目です。神秘は謎のままだから神秘なんです」

そう即答し、小梅はさっさと天明屋の手を引いた。

「あ、家着きました」空いているほうの手で自宅を指差す。「ここです。先生」

マンションや建売の並ぶ住宅街にそぐわない、二世帯でも暮らせそうな広さのある小梅の住まいを見た瞬間、天明屋はぽかんと口を開けた。

「ここ、君の家？」

古びた我が家の外壁を見上げている天明屋に、小梅は頷いた。

「一人暮らしにはちょっと大きいですけど。伯母が貸してくれたんです。誰も住んでないと家が傷《いた》むからって、格安の親戚価格で」

「なるほど」

「あ、うちはお金持ちじゃないですよ、念のため」

お金持ちなのは伯母――いや、正確にいえば祖父である。真面目なだけが取り柄な父と違い、資産家の祖父から商才を受け継いだ伯母が、大学進学とともに上京した小梅に便宜《べんぎ》を図ってくれたのだ。

小梅の説明を聞くうちに、緩んでいた天明屋の顔がみるみる引き締まっていく。黙って家の外観を眺めていたが、彼はふいに口を開いた。

「月島さん。事務所に来るのはとりあえず週二でいいよ。今のところ本腰入れた仕事の予定はないし、僕の事務所は開店休業みたいなもんだから」

「はい？」

首を傾げて天明屋の横顔を見ると、その唇が弧を描いている。

「もう大丈夫、安心して。犯人わかったから」

6

「犯人わかったって、先生、本当ですかっ」

驚いている小梅に、天明屋は赤らんだ目元を緩めた。

「まあ、たぶんね。まだ確証があるわけじゃないけど。君さえよければ、今夜のうちに確証を得ることも可能かもしれない」

「え、本当に？」

「僕に協力してくれるかい」

「まあ、犯人を捕まえられるなら……」

本当に犯人がいたことに奇妙にも安堵したが、天明屋の表情が腑《ふ》に落ちない。それでも小梅が小さく頷くと、天明屋はにやりと笑った。

「それじゃ、君の家にあがりたい」

「……はいっ？」

「お茶でもご馳走《ちそう》してくれると嬉しい」

「いや、なにをいってるんですかっ。無理に決まってるでしょう!?」

「非協力的だな。君のためなのに」

「なにがどうしてそうなるんですかっ。家に男の人なんかあげたことないですし、絶対駄目です。ていうか、本当にセクハラで訴え……」

しかしすぐに、小梅を止めるように、天明屋が真面目な顔で人差し指を唇に当てた。

「しっ」

「！」

「少し静かに。家の前で押し問答というのは悪くないけど、それ以上は駄目だ。彼が見ているかもしれない」

ぎょっとして、小梅は息を呑んだ。まさか、今この瞬間も、見られているのだろうか。

背筋が冷えて黙りこんだ小梅を、天明屋が続けた。

「よし。じゃ、笑って。楽しそうに」

天明屋に促《うなが》され、小梅はまたニタァッと不気味な作り笑いを浮かべた。

国立西洋美術館でどんな表情をしたのか気になってさっきトイレで確認してみたこの笑顔、妖怪の小豆《あずき》洗い（水木《みずき》しげる画）みたいだった。

だがそれでも、小豆洗い女子を見て天明屋は満足げに眉をあげた。

「痴話喧嘩《ちわげんか》ならともかく、訴えるというのはまずい。恋人同士の会話には聞こえない」

「わ……、わかりました。もう大丈夫です」

なんとか声を抑えてそう訴えると、天明屋はにこりと笑った。けれども代わりに続いた言葉は地獄《じごく》的であった。

「家にいれてくれる？　君も監視されっ放しじゃ辛いだろう」

「それは……」

今も監視されているのかと思うと、天明屋との近すぎる距離感以上に肝《きも》が冷えた。酔いはすっかり醒《さ》めたというのに、こめかみに温《ぬる》い汗が伝う。

「……本当に犯人を捕まえられるんですか」

「まあたぶん。少なくとも、その助けにはなると思う」

「……」

「大丈夫、なにもしないよ」

「……絶対ですよ!?」ガチャガチャと門扉《もんぴ》を開けて中に飛び込むと、小梅は天明屋を睨《にら》んだ。「その場で一歩も動かず待っててください。家の中を片づけてきますから」

「はい」素直に頷いたあとで、天明屋はひらひらと手を振った。「あ、月島さん。僕以外の男の『なにもしない』を信じちゃ駄目だよ。真っ赤な嘘だから」

「安心してください。あなたのことも一ミリも信じてませんから」小梅は、門扉越しに携帯電話の液晶を天明屋に見せつけた。「家にあがったあとであたしの半径一・五メートル以内に入ってきたら、問答無用でコールします」

液晶には『一一〇』の数字が表示されている。それを見て、天明屋はけらけらと笑った。

「いい心がけだ」

天明屋の答えを背に受けて、小梅は急いで家に入った。見られてはまずいものをどんどんビニール袋に放り込みながら、携帯電話の通話画面をプッシュする。電話したのは、こんな案件で電話されては迷惑千万に違いない国民の安全を守る緊急通報先ではなく、この状況に小梅を追い込んだあの男であった。

「……杉松⁉　今なにしてるの、え、ラーメン⁉　なら食べ終わったら白山来られない⁉　来られないって……断るの早！　いやそうじゃなくて、緊急事態なんだってば。今天明屋先生が家まで来てて、ストーカー捕まえるからあがりたいって……だーかーら、二人はまずいから来てほしいの！　ラーメンくらい奢《おご》るから！　……え⁉　すみません杉松様一生のお願いです愚《おろ》かで無能なこの後輩めをお助けくださいい……これでいい⁉」

しかし答えはにべもなかった。

「ちょっ……俺は考えるといったまでって、子供か！　どうしても来る気はないの？　あ、もう、わかった。それならせめて対策を教えて。だから、不慮の事態に見舞われた時の対応策！　先生を金縛りにでもあわす呪文とかないの？　え、ある？　あるのっ⁉」

ズルズルとラーメンをすする音に挟まれて喋る杉松の声を聞いて、小梅は目をまるくした。本当にそんなことで、天明屋をおとなしくさせることができるのだろうか。

「わかった。信じてるからね。杉松」

通話を切り、ブラックボックスと化したビニール袋を三階の寝室へ放り込むと、小梅は玄関を出た。ぜえぜえと息を切らせて、天明屋を再び睨む。乱れた髪と種々多様な怨念《おんねん》のこもったその姿は、まるで落ち武者だ。

「お……、お待たせしました。中へどうぞ」


「なにかわかりましたか。先生」

飲み物の準備をしながら、小梅はキッチンからリビングの様子を窺った。

「うん。片づけるなんていって家に駆け込んだわりに、綺麗にしてるじゃないか。物も少ないし、掃除が必要だったようには見えない」

「そういうことを訊いてるんじゃありませんっ。あたしがいってるのは、犯人の目星とか証拠とかのことです。関係ないところは一切見ないでください」

「犯人を捕まえる方法なら一つ思いついたよ」

その声に、小梅はハッとして顔をあげた。さっきから天井や壁を眺めまわしている天明屋と目が合う。彼は肩をすくめた。

「成功は保証しないけどね。でも、やってみる価値はあるはずだ」

「実行は容易なんでしょうね、今度こそ」

「今度こそというのは？」

「だから、それは……」

恋人のふりをしてデートするとか二人きりの家にあげるとか、そういう心労のかさむ類のミッションである。どうせわかっているくせに、どこまで意地が悪いのか。

「雑巾の搾《しぼ》り汁でも入れてやろうかな」

「なにかいった？」

「いいえ」

首を振って、小梅はコーヒーセットが載ったトレイを持った。高い豆ではないが、淹《い》れ立てのコーヒーからは、鼻をくすぐるいい香りが立ち上ってきている。この伯母の所有している家に置きっ放しになっていたコーヒーメーカーとカップは、おなじく放置されている他のどの高級そうな家具よりも重宝している。

「それじゃあもう用は済んだんですか」

「まあね」天明屋は、腕時計の舷窓《げんそう》みたいなラウンドフェイスを確認した。「けどあと、そうだな……せめて二時間くらいはいさせてもらうよ。あんまり早く帰っちゃ、あとの計画に支障が出るし、もう少し中を見せてもらいたいから」

「二時間って……」

家に誰かいてくれたら心強いが、この天明屋だけは別だ。そんなにいられたら堪《たま》らない。本気かどうか測りかねて、天明屋の顔を見た。その表情はいつもと変わらず、なにを考えているかわからなかった。きっと、なにも考えていないのだろう。

「それにしても広い家だね。一人暮らしだと、不便もあるんじゃないかい」

「さすがに全部屋の有効活用はできてないですけど、大は小を兼ねるっていいますから」

「ふーん。まあ今回の件が、女性の一人暮らしの不便といえば不便か」

「お茶が入りましたよ」

「ああ、どうも」

礼をいって、小梅に促されるまま天明屋はソファに腰を下ろした。『お好きでしょう』といいそうになるのをぐっと堪え、小梅は天明屋がコーヒーカップに口をつけるのをじっと待った。

「どうしたんだい。心配しなくても味にケチなんかつけないよ」

「いいえ。こんな夜に男の人を家にあげることになるなんて、あたしも不良娘になったもんだと思いまして」

「早く帰れってこと？」

　天明屋の質問に、小梅は眉を寄せた。

「……感謝はしてるんです、これでも一応。お忙しい中、あたしのことなんかに付き合ってくれて」

「別に忙しくはないけど。最近設計の仕事は全然してないし」

「知ってます。残念に思ってますから」

　天明屋が、小梅の顔を見る。なんだか知り合ってから初めてまともに顔を見てもらった気がする。小梅は天明屋にいった。

「天明屋先生が自分の仕事をきちんとしてくださるなら、二時間家にあげるくらい本当はなんでもないです」

「女性が軽々しくいう台詞《せりふ》じゃないな」

「あなたにはそれだけの価値があると思ってますから……あたしみたいな、普通ど真ん中の人間と違って。もう新しい設計の仕事はなさらないんですか？」

「日本のお客さんはうるさいから、あんまり仕事する気にならないんだよね」

「ファンが泣きますよ。あたしもその一人ですけど」

「二時間といわずに朝までいさせてくれるなら、考えようかな」

「真面目にいってるんです」

「わかってるよ」

まったくもって適当な受け答えだった。顔をしかめて、小梅は天明屋にさらにコーヒーを勧めた。

「それじゃこのコーヒーを一気に飲んでくれたら、先生を泊めてあげるか考えます」

「本当?」天明屋は、まだ湯気を立てているコーヒーを見た。「熱いの苦手なんだけどな」

ついでに味音痴なのも杉松から聞いている。けれど、小梅は笑顔を作って頷いた。

「本当ですよ。ささ、ぐぐっと」

「そんなにいうなら、じゃあ」

天明屋は、いわれるがままにコーヒーを飲み干した。『熱っ』といったのも束の間、じきに顔が土気色になる。

「うぷっ」小さな声で、天明屋は訊いた。「トイレ借りてもいいですか……」

「場所はドアを出て……」

「知ってます」リビングにしか入っていないはずなのにそう即答すると、天明屋はふらふらと立ち上がった。「建物に入ったらトイレの位置がすぐわかるのが、建築家《ぼくら》の数少ない取り柄なんです」

呆気に取られる間もなく、天明屋は廊下へ消えていった。

ドアの向こうから『おええええ!!』という漫画みたいな叫び声が響いてくる。

「先生、大丈夫ですかっ」

「ご、ごめん。せっかく初めての二人の夜なのに」

「そういう気遣いはいいですから！　お水持ってきましたよ」

「せっかくだけど遠慮しとくよ。水ごともどしそうだ……うぷっ」

無類のコーヒー好きでありながら、カフェインに異常に弱い胃を持つ。それが杉松から教わった天明屋の弱点だった。日に数杯飲むと、こんなことになってしまうらしい。夕食後に飲んだ一杯には平然としていたから半信半疑だったが、まさかここまで効くとは。

「もう、子供ですか。そんなに胃が弱いなら飲まなきゃいいのに」

「不思議だよねえ。ストレスとは無縁の生活を送ってるのに。せっかく君が淹れてくれたんだから断っては悪いと思っておえええええ!!」

「すみません……。でも、こんなに吐くと知ってたら勧めませんでしたよ」嘔吐《おうと》の合間にも減らず口を忘れない天明屋には、正直なところ同情を超えて感心する。「次からは軽々しくコーヒーを勧めるのはやめます。でも、美味《おい》しかったですか?」

「うん。でもね、自分でもコーヒーいつ飲んだかなんて覚えてらんないだけだから、気にしなくていいよ。どうでもいいことは記憶に留められない体質なんだ」

ここまで吐くならどうでもいいことではないように思うが、とりあえず小梅は頷いた。

「わかりました。それじゃ、お水置いておきますから、落ち着いたら飲んでくださいね」

「ごめん。しばらく出られなさそうなんだ。先に寝ててくれる? 帰る時声かけるから」

さすがに可哀相《かわいそう》だ。

けれども少しだけ安堵して、小梅は三階にあがった。どうやら、これで彼とすごす今夜のことをこれ以上憂う必要はなくなったようだ。それに——天明屋に振りまわされている間は、怖いことも余計なことも頭から飛んで、平静に戻ったみたいに思えた。

寝室に入ると、そこには、先ほど押しこめたビニール袋が乱暴に口を開けていた。中からは、天明屋の手がけた建築物の載った雑誌やウェブニュースをプリントアウトした紙が覗いている。

——天明屋の洞察眼は当たっていた。たしかにこの家は小梅には広すぎるし、汚すほど物を買えるお金もない。それでも、天明屋に関する資料だけは、少ないバイト代をやりくりしてなんとか調達したのだった。

「……本当に、あの人イメージ違いすぎ。軽くて女好きで女慣れしてて、子供っぽくて胃弱で朝が弱い虚弱体質で」

でも、優しい。

本当にもう——、なんて男だ。

杉松の教えてくれた呪文のおかげで、天明屋のいう二時間とやらは無難にすぎてくれることだろう——と思ったのだが、その予測は甘かった。

その後、零時をまわっても、天明屋はトイレに籠城《ろうじょう》したまま出てこなかったのだ。

どうしてこう、なにからなにまで予想外な行動を取ってくれるのだろうか。

結局天明屋は朝になってもリビングのソファーに寝転んだまま動けず、小梅が大学に行く時間になっても復活する素振りさえ見せなかった。小梅は、我が家でありながらアンタッチャブルな存在になったソファーに遠くから声をかけた。

「……ほんとに大丈夫なんですね、先生。じゃ、机の上に合鍵置いときますから、なにもいじらないでくださいよ。なんかあったら加古川教授にいいつけますからね」

「うん、わかってる。鍵はポストにでも入れておくよ」

しおらしい返事を聞いて、心配しながらも小梅は家を出た。

知り合ったばかりの男を置いて家を出るなんてことも、もちろん初めての体験だ。東京に出てから——いや、天明屋と会ってから、小梅のペースはくるいっ放しだった。なのに、なぜだか案外普通にそれについていっている自分が、小梅は不思議だった。天明屋や杉松の常識外れが移ってしまったんだろうか。

それにしても、杉松の教えてくれた呪文、効きすぎである。天明屋があの状態では、小梅を尾けまわす犯人を捕まえてくれるのは、いつになることだろうか。

一人で家を出ると急に怖くなって、小梅は俯《うつむ》いて足早に駅へと向かった。

7

男は、その夜もまた白山近郊のその家の前にたむろしていた。

新緑を楽しむ余裕もないほどに暑い日々が続き、涼しい夜風で汗が引いてもなお全身がベタベタとして不快だった。早くシャワーを浴びて生まれ変わった気分になりたい。

けれど、偶然とはいえようやくずっと欲しかったものが手に入ったのだ。なら、仕上げは早いほうがいい。いや、段取りよりも、彼自身がもう我慢ができそうになかった。

彼女を——月島小梅を脅かして追い詰めるのだ。

すでに番号を調べてある彼女の携帯電話の着信履歴を埋め、家の中に入り荷物を持ちだす。たかが女の一人暮らしだ。そう待たずに音をあげることだろう。

そう考えた直後、彼はハッとして息をひそめた。

昨夜と同様に、今夜も彼女は、あの新進気鋭の若手建築家——天明屋空将と一緒だった。

彼は、イライラと爪を噛んで二人の男女を睨んだ。どこか固い表情を浮かべて笑う彼女にも、そしてやたらと楽しげな男のほうにも心底から腹が立った。

二人は、彼に気づくことなくさっさと家の中に入っていった。

しばらく待っていると、深夜の住宅街の静寂が破られた。耳障《みみざわ》りな甲高い不協和音が数度響く。器物の割れる音だ。間違いない。

「な、なに……？」

すぐに家の中は静まってしまった。

息を呑んで耳を澄ますと、男女が会話する声が微かに聞こえてくる気がした。きっと、窓が開いているのだ。

息をひそめ、男はそっと門を開けて敷地内へと身を滑り込ませた。いつかの夜のように、庭から中を覗いてみようか。だが今夜は窓が開いているようだし、中には男もいるのだ。

逡巡《しゅんじゅん》していたが、次の瞬間、心臓が止まるかと思うほど驚いた。

月島小梅の家の中から、激しく罵り合う男女の声が聞こえてきたのだ。

痴話喧嘩か。

ハラハラする間もなくどんどん二人の声は荒々しくなっていく。すぐに人間が床に突き飛ばされるような粗暴な音が聞こえ、続いてなにか重量感のあるものがガシャンと床に叩きつけられる。

「マジで……っ⁉」

駄目だ。これ以上黙っているわけにはいかない。すぐに止めに——守りに行かなくては。

我を忘れ、彼は手に入れたばかりの合鍵を使って玄関へと侵入した。廊下まで醜《みにく》い言い争いと器物の破損する音が響いてきている。大切な存在が壊されかけている。もう黙ってはいられず、彼は階段を駆け上って二階のリビングへ飛び込んだ。

「やめろ!!　それ以上やるなら警察を呼ぶっ……」

だが、彼が甲高い声でそう叫んだ瞬間、一瞬にして室内は不自然なほど静まり返った。

待っていたのは、この家の住人と、そして――天明屋空将だった。今の今まで激しく争われていたはずなのに、踏み込んだリビングは一切荒れている様子がない。代わりに、部屋の広さにそぐわない小型サイズの液晶画面が、血に染まったナイフのアップで一時停止されていた。

「やあ、待っていたよ」リモコンを手にした気鋭の建築家は、啞然《あぜん》としている彼を見て、唇の端を片方持ち上げた。「やっぱりか。君だと思っていたよ。さしずめ秘密の姫君を守る勇敢なる騎士ってところかな。ねえ、――猫柳宏夢《ねこやなぎひろむ》君」


「猫柳宏夢って……、この人、有名人なんですか」

どこかまだ呆然としたまま、小梅は訊いた。乱入してきた瞬間よりひとまわり小さくなったような姿で、猫柳宏夢は床に正座している。

この男にずっと見張られていたのか。

気味悪くはあるが、今は天明屋がそばにいるせいか怖さよりも知りたい気持ちのほうが大きい。細面にぐりぐりとした目をつけた神経質そうなその青年は、小梅以上に動揺して目を泳がせている。

「有名といえば有名なのかな。彼の姿を見られたのは僥倖《ぎょうこう》かもしれないよ。ごく一部、うちの大学の工学部建築学科以外では特に。僕も一度しか顔を見たことがない。建築学科を六年かけて卒業し、院でもすでに四留目の危機にある――杉松君の同級生さ。教授や講師の間じゃ有名な幻の学生だよ」

「あっ……」

その逸話なら聞いたことがある。

杉松よりも濃い奴がいる。そう語ったのは杉松自身だったが、まさか目の前に現れるとは思わなかった。それも、自分を尾けまわした犯人として。

天明屋の説明を肯定するかのように、猫柳宏夢は唇を結んで俯いた。天明屋は、液晶テレビのリモコンを机に置いた。

「猫柳君、この家の合鍵、返してね。もとは僕が借りたものだから」

「はい……」

首を縮めた猫背のその姿は、まるで本物の猫が座っているみたいだった。猫柳は素直にポケットから鍵を取り出して天明屋に渡した。天明屋は鍵を受け取ると、意地悪く猫柳にいった。

「合鍵をポストに入れておけば、きっと君が回収すると思ってたよ。僕の思惑通りに動いてくれてありがとう、猫柳君」

古めかしい鍵を、天明屋は手の中で弄《もてあそ》んだ。

「君がこの鍵を使って、勇気を持って踏み込んできてくれてよかった。この男女の乱闘シーン、もう次の女の子の断末魔でお終《しま》いだったから」音量を最大近くにまであげてある小梅が自腹で買った液晶テレビのスイッチを、天明屋が切る。「映研が自主制作した映像を借りてきたんだ。なかなかいい出来だったね、真に迫ってて」

小梅は、窓をガラガラと閉めた。

「あたしは、近所の人に通報されないかが心配です」そういってから、小梅は天明屋に催促した。「先生、なにさり気に合鍵を懐《ふところ》にしまってるんですか。早く返してください」

「あ、ばれた?」悪戯《いたずら》が見つかった子供みたいな顔をすると、合鍵を天明屋は小梅に投げた。「たぶん彼はコピーを作っているから、鍵は新しくしたほうがいいな」

こくりと小梅は頷いた。

昨夜、天明屋がトイレに籠っていた時は、まさか翌日に呆気なく犯人が捕まるなんて思いもよらなかった。天明屋は、偶然彼が持つこととなった合鍵をみごとに犯人を釣り上げる餌《えさ》にしてみせたのだ。

「ご近所さんのことは大丈夫だよ。この家の敷地面積なら、テレビの音量なんてどれほどあげても聞こえないはずだ。それこそ、門にでも張りついてない限りね」

その声に、猫柳は悔しそうに唇を噛んだ。

「君が冷静さを失うのも無理はない」慰めるようにその肩を天明屋が叩く。「まさかおなじ大学の学生が、未公開の坂本隆二《さかもとりゅうじ》が設計した邸宅に住んでいると知ったら——僕でも驚く」

「えっ」天明屋の言葉に、小梅はぎょっとした。「ちょっと待ってください、先生。その……坂本隆二？　って人が、どうして急に出てくるんです。今度こそ有名な人なんですか？」

「有名だよ」小梅の疑問に、答えたのは猫柳だった。「自分の住んでる家に対してこの程度の認識だもん。感謝の欠片《かけら》もない。だから嫌なんだよ、素人《しろうと》は」

やさぐれた顔で舌打ちした猫柳に、天明屋は苦笑した。

「君ね、そういう取りつく島もない言い方をするもんじゃないよ。僕らだって、建築以外の分野に関しちゃ素人だ。日々、人によっては怒るような反応を気づかぬうちに取っているのかもしれない」

　さっさと二人だけで会話を進める天明屋に、痺《しび》れを切らして小梅が割り込む。

「先生！　あたしにもわかるように説明してください。これはいったい、どういうことなんです？」少し躊躇《ためら》ってから、小梅は続けた。「この人はあたしのストーカーで、その……。先生があたしに暴力を振るってると思って、あたしを助けるために家の中に踏み込んできたんじゃないんですか？」

　だがその認識は、もう一度彼の目を見た瞬間一気に吹き飛んだ。猫柳が小梅を見る目は、どう見ても恋する者のそれではない。

「君は知らなかったんだね。建築に興味を持ってから日も浅いし、聞いたことがないのも無理はない」眉をあげて、同情するように天明屋は小梅を見た。「坂本隆二は、日本の名建築家の一人だよ。そして――ル・コルビジェに多大な影響を受けた一人でもある。この家を見てすぐわかった。この家の設計には、コルビジェの特徴が多く含まれている」

　天明屋は、窓から小梅の家の敷地を眺めた。

「一階の一部分がピロティになっているのが一番わかりやすいね。一階部分を柱で持ち上げて、通気性を確保しているんだ。湿気のこもる日本の気候には悪くない設計だと思うよ。耐震基準が変わる前ならだけど」目線を上に移して、彼は続けた。「それから屋上庭園。月島さんが出ていったあと見せてもらったけど、今は野生にかえってる感じだね」

たしかに屋上の庭は手入れなんてしていない。少し赤くなって、小梅は天明屋に訊いた。

「そんなことより、その有名な建築家とこの人があたしを尾けまわすことにどう関係があるのかを教えてください」

「簡単さ」天明屋の唇の片側がすっと持ち上がる。「彼がずっと好きだったのは、君じゃなくてその坂本隆二だったということだよ。彼は坂本隆二の熱狂的すぎるファンとして、この道じゃ少々有名人だ。特にピロティのある建築物には目がないんだったね。ねえ、猫柳君」

「え」

思わず言葉に詰まる。ならどうして小梅を尾けまわしたりなんてしたのだろうか。天明屋が、その疑問に答えるようにこういった。

「彼には実は前科があってね。以前にも、坂本隆二が設計した非公開のピロティのある建築物に勝手に入り込んだり写真撮影をしたりして、警察沙汰になりかけたことがあったんだ。今回は相手が君みたいな若い女の子だと知って、監視して脅かしてこの家から出ていかせようとでもしたんじゃないかな。彼の敬愛する建築家の残した隠された作品を、自らの手で守るために」天明屋は猫柳を見た。「まさに隠された姫を守る騎士だな。そうだろう?」

「……」

猫柳は、やっぱりまだ口を閉ざしている。肩をすくめ、天明屋はいった。

「君に黙秘権を許すつもりはないよ。おそらくだけど、君は今日も鍵の他にも犯行の証拠を持ってるはずだ。ほら、いい加減観念してさっさと出しなさい」

天明屋に促されても、猫柳は黙ったまま俯いていた。仕方ないとばかりに肩をすくめ、天明屋は猫柳の懐を探った。

「あ、あった。やっぱりね。月島さん、どうぞ」猫柳の懐からデジタルカメラを見つけ出すと、天明屋は小梅に投げて寄越《よこ》した。「建築業界に携わる人間の必需品だよ」

小梅もすぐに天明屋の意図がわかり、慌ててそれを受け取った。すぐに画像データをチェックし、絶句した。

「これ……っ」

思わず目を見開き、小梅は背筋を寒くした。そこには、以前ポストに入っていた写真の束の比ではない数の画像が記録されていた。アップから引きの写真まで、ありとあらゆる小梅が映っている。中には、洗濯ものを干しているところや買い物帰りのものまであった。

そして、きわめつけには――今夜の写真までも。

「全部消しておいてね」

「あ、当たり前ですっ」

型番を確認してさっさと携帯電話で取扱説明書をダウンロードすると、小梅は画像データの記録されているSDカードを抜きだした。

動かぬ証拠を押さえられてようやく観念したのか、猫柳が小さく口を開いた。中性的な細い声だった。

「……本当にすみませんでした。この家を探しだした時、すごく嬉しかったんです。坂本隆二の知られざる作品を目にできたって。だから、そこに住んでいる人がいても、別段驚かなかった。ここは価値がある家だから」猫柳の目が小梅を捉《とら》えて光る。「けど、ソイツが建築学科の杉松とかといるのを見て、おなじ大学の女だってわかったら、腹が立って仕方なかった。コッチは坂本隆二が好きで世界中を彼の痕跡《こんせき》を求めて探しまわってるのに、ただのコネでこの家に住める奴がそばにいるなんて」

小梅はドキリとした。好きで好きで堪らない建築家の設計した家になんとか住みたい。その気持ちなら、小梅も知っている。

だが、猫柳の目には、小梅に対する共感など欠片も宿っていなかった。

「こういうなんにも知らない頭の軽そうな女が、一番性質《たち》が悪いんだ。優れた建築《げいじゅつ》に興味もないし、頭が悪いから価値も一生わからない」

ナイフのような攻撃が、小梅の胸に突き刺さった。自分でも、猫柳の言葉をきっぱりと否定できるかどうか——自信がなかった。猫柳は、尖った声で続けた。

「そんな人間が、この家に住むなんて冒瀆《ぼうとく》だ。だから許せなかっただけなんだ。頭にカッと血が上ってしまって。でも、別にその女に危害を加えるつもりはなかったし、ただ出ていってもらえれば、僕は……」

　すると、天明屋の鋭い声が続く言葉を遮《さえぎ》った。

「いい加減にしろ、聞くに堪えない」

　その瞬間、小梅はハッと天明屋を見た。彼は、鋭い目で猫柳を見つめている。猫柳が、怯《おび》えたように顔をあげた。その目が、天明屋の目と合う。

「聞くに堪えないのは誹謗中傷《ひぼうちゅうしょう》ばかりじゃない。お粗末な嘘もだ。彼女をこれだけ脅かしておいて、その言い訳が本気で通ると思っているなら大したものだね」天明屋は、軽蔑《けいべつ》したように笑った。「頭に血が上って衝動的に動く人間が、彼女をノイローゼになるまで追い詰めたりしない。君の犯行は段階を踏んでいて、計画的だ」

　天明屋は、冷たく続けた。

「一人暮らしの若い女の子を脅かすツールとしてはデジタルカメラはたしかに有効だ。顔つきで変な写真がネットに出まわったら、それこそ今の時代は一生ついてまわることになる」天明屋は、猫柳を静かに見下ろした。「だから僕はそういう類の犯罪を軽蔑する。卑劣きわまりない」

「……」

言い訳めいた言葉も攻撃的な言葉も、もう猫柳の口からは出てこなかった。

俯いて再び黙りこんだ猫柳を、小梅はただじっと見つめた。


それから、十数分ほどがすぎた。さっきから、室内には猫柳の絶叫が響き渡っている。

「や、やめてくださいぃ！　それ以上は、その先は見ないで！　あっ、駄目、絶対!!」

「まだまだ、もうちょっと我慢しなさい。この先が楽しみなんだから」

「駄目駄目、その奥は黒歴史だから――」

今にもにゃあにゃあ泣きだしそうな顔をして、正座したまま許しを請う猫柳を、天明屋が鼻であしらっている。小梅はそろそろ、人としての天明屋も尊敬した自分を後悔し始めていた。

「さて――お仕置きはこのくらいでいいかな、月島さん」

やけに嬉しげな顔で訊かれ、小梅は額に手を当てた。猫柳のほうはといえば、魂《たましい》でも抜けたかのごとくがっくりと項垂《うなだ》れている。

「いや、いいね、まさか君の趣味が女装だったなんて。すごく似合ってるよ、いやほんとに。特にこの猫耳と尻尾、手作りなのかな。よくできてるよ、本物同然だ。そういえば噂で聞いたけど、入学当時の君の自己紹介のキャッチコピーは『猫になりたい、猫柳！』からの猫の手ポーズなんだっけ。いいね、筋金入りだ」

ダダ滑りからの周囲ドン引きがありありと目に浮かぶその自己紹介も、きっと彼の黒歴史——と小梅が突っ込む間もなかった。天明屋はニヤニヤしながら、猫柳の個人的な趣味がめいっぱいに詰まった携帯電話の画像フォルダを眺めている。

「この辺の画像は全部コピーしたから。今後月島さんに危害を加えるような真似をしたら、この画像フォルダが黙ってないからね」

さっきあれだけ軽蔑するといっていた類の行為にあっさりと手を染めた天明屋だったが、やがて笑みを収めて真面目な顔を作った。

「まあ、このプライベート猫写真が出まわっても恥をかくだけで済むだろうから、もう一つ洒落にならない話もしておこう。建築学科に九年もいる猫柳君ならわかってくれると思うけど。大学に今回の件が知れたら、国内外を問わず君の建築家としてのキャリアは始まる前からお終いだ。国内は加古川さんが押さえてるし、国外なら僕がいくらでも話をつけられる。猫柳宏夢という男は絶対に使うな——とね」

天明屋が言葉を終えた途端、画像フォルダを見られていた時以上に猫柳の顔色が変わった。真っ青になって歯を鳴らしている猫柳に、天明屋は微笑んだ。

「二度と月島さんを傷つけるような真似はしないと約束してくれ。僕の望みはそれだけだ」

それから、諭《さと》すように天明屋はこう続けた。「今度の件を天国の坂本隆二が知ったら、君を軽蔑するよ。君がやるべきは、彼が残した諸作品を逐一《ちくいち》チェックしてそこに住む人間を脅かして誹謗中傷することじゃない。彼が偉業を残した建築業界に恥じない仕事をすることだ。そうだろう?」

猫柳が、顔をあげる。天明屋は、猫柳をまっすぐに見つめた。

「自分の好きなものがなにかわかっているというのは素晴らしいことだ。そのために、自分の楽しみのために生きるのもいい。君の好きにしなさい。ただし、犯罪さえ犯さなければだけどね。——君がまっとうに生きてくれることを願うよ。君の人生にわずかなりとも関わった者として」

しばらく黙っていた猫柳だが、やがて涙を落としながら小さく頷いた。

「はい……」それから、聞き取れないほど細い声が続いた。「……ひどいことをいってごめんなさい。月島さん。もう二度とこんなことはしません」

今にも失神してしまいそうになっている猫柳は、呼び寄せたタクシーにそのまま収容することとなった。猫柳を乗せた一台目のタクシーを見送り、天明屋のために呼んだ二台目のタクシーを待っているうちに、小梅はふとこういった。

「……あたし、ずっと不安だったんです。犯人が本当にいるのかどうか、確実にわかるまでは」俯いて、小梅は両手を握りしめた。「変ですよね。でも、本心です。あたしを撮ったポストに写真が入ってて、気のせいじゃないんだってわかった時、怖かったけど安心もしたんです。本当は全部自分の妄想で、誰かに見られてるなんて全部気のせいだったらどうしようって思ってたから。自分が神経過敏なのかもと思うと、怖くて」

普通に考えれば、尾行なんてものはそんなに派手に行われるものではない。だから、大学や神保町周辺でまで尾けまわされるようになって、自分がおかしくなってしまったのかと思った。小梅は知らないが、天明屋の前で杉松が行った甚だ失礼な小梅考察は、そう的外れなものでもなかったのだ。

するると、天明屋が肩をすくめた。

「ああ、それね」深刻に話した小梅に、あっけらかんと天明屋がいった。「君は神経過敏じゃないよ。犯人は杉松君だから」

「……はいっ？」

突然出てきた意外な名前に、小梅は目をまるくした。予想外すぎて、うまく天明屋のいった言葉がのみ込めない。何度も目を瞬いている小梅に、こともなげに天明屋は続けた。

「一応彼なりに、ストーカーについて悩んでいる後輩を心配したらしいよ。君が彼に相談してから、しばらく君のことを尋常《じんじょう》じゃないくらいに尾けまわしたらしい。残念ながら彼の護衛は白山駅前までで、この家の周辺ばかりをたむろしていた猫柳君と遭遇することはなかったみたいだけど。君のストーカー調査というよりはむしろ、駅のそばのラーメン屋に寄るのがメインだったみたいだから」

「……」

目を瞬く。そうか、だから白山のラーメン屋にはまっていたのだ。一瞬怒りが湧きかけ、それから胸を占める感情が別のものへと変わる。

バカでアホでたまに心の底からムカつくこともあるが――、杉松は、やっぱり友達甲斐がある男だ。今回の件が天明屋によって解決したのだって杉松のおかげには違いない。不覚にも、目の奥が熱くなった。今度こそラーメンを奢ろう。チャーハンと餃子《ギョーザ》もつけて。

「すいません」またも俯いて、小梅は小さな声でいった。「ありがとうございます。先生には本当に感謝してます。それから、杉松にも」

　履いている靴の爪先が、涙に少し滲んで見えた。

「これで親に連絡しなくてもよくなりました。大見得切って家を出てきたから、実家に頼るのは嫌だったんです、ほんと」

「君もいろいろ大変なんだな」

「でも……、先生のおかげで勇気が出ました」小梅は深々と頭をさげた。「全部、先生のおかげです。本当にありがとうございました」

　小梅は、天明屋の設計した邸宅を思い出していた。

　高校最後の冬、従兄弟たちを放り出してまわった彼の建築物の数々は、どれも素晴らしかった。天明屋空将の生み出す建築物に、他人は存在しない。あるのはただ、心地よい孤立と一人だけの生活だ。天明屋の中には、きっと小梅には窺い知れない孤独がある。だから、小梅は――一人で暮らすことを選んだ人間は、この人に惹《ひ》かれるのだ。

　そこで、タクシーのヘッドライトがこちらに向かってくるのが見えた。

「それじゃ、月島さん。また明日」

「はい、先生。また明日」

　先生と教え子らしい挨拶《あいさつ》を交わして、小梅は天明屋の乗ったタクシーを見送った。

柱の並んだポーチを抜け、玄関にあがると、小梅は大きく息を吐いた。嵐のような夜だった。一人になった途端、いつもの癖で少し身がすくんだ。けれど、怒りながら階段を下りてくる父親の足音は、もう聞こえてこなかった。

——大学に入ってからも、長年培《つちか》われた倫理観を変えることは容易ではなかった。あの杉松はともかく、他の異性とは話すだけで誰かの視線が気になり、怒られているような気になった。かつて杉松が小梅を自分のリハビリのための友達と評していたが、それは小梅もおなじだった。酒の勢いを借りて頭を鈍くしないと、異性と話したり学生らしく破目を外すことへの恐怖心と罪悪感を忘れることはできなかった。それは、たぶん、父親の影響ですらなく、自分の中に作り上げてしまった自分だけの良識や固定概念だったのだと思う。波風立てないように、人を不快にさせないように、真面目一本やりに。

けれど、小梅はわずかに微笑んだ。耳に、天明屋の声が響く。

『自分の好きなものがなにかわかっているというのは素晴らしいことだ。そのために、自分の楽しみのために生きるのもいい。君の好きにしなさい。ただし、犯罪さえ犯さなければだけどね』

それで十分じゃないか。

そういう風に生きることができれば。

好きなように、楽しめるように生きることは、悪いことじゃない。

堅苦しく、正しさなんて、突き詰めなくても。

小梅は、ふと、猫柳から回収したSDカードからこっそり取り出しておいた画像を携帯電話に表示した。そこには、天明屋と小梅が並んで笑い合っている。写真に映っている自分は、まるで自分じゃないみたいだった。

写真の中の彼を見て、小梅は悔しながら認めた。天明屋空将は、やっぱり想像通りの素晴らしい人だった。彼のそばで働けるなら――彼のような建築家を志《こころざ》したいと思うのは、おかしいだろうか。

「……」

少し考え、小梅は、二人の写真が映った携帯電話を、そっと手の中に仕舞い込んだ。

天明屋の命令違反にはなるけれど、まだ彼に雇われる前なんだから、このくらいは許されるだろう。たぶん。

第二話　男女の友情ペーパーアーキテクチャー

1

「君《きみ》はやけに杉松《すぎまつ》君と仲がいいね」

ふいに天明屋《てんみようや》がそういったのは、彼の事務所で小梅《こうめ》が助手として働きだしたある日のことだった。大学の講師室と同様にデザインチェアが溢《あふ》れる事務所で、彼は続けた。

「世代の差なのかな。考えものだね。恋人はいないのに、毎日会うほど親密な異性の友人はいるというのも」

「また急にオジサンくさいことを。いきなりどうしたんです？」

小梅が目をあげると、彼は大真面目な表情を作った。

「僕はガールフレンドはたくさんいるけど女性の友達は一人もいないから、君らの感覚がわからない」

「訳すと一緒ですけど」

「大いに違うよ。君らは互いに異性として意識し合ったことは一度もないのかい」

「ないです。奴は男じゃないです」かといって、女でもないが。そして不本意ながら向こうもいうことだろう。小梅は女ではない、と。だから、小梅は続けた。「だいたい、杉松には『彼女』がいるじゃないですか」

「ああ。そういえばそうだったね。いつまで続くかわからないけど」

杉松が我が恋をあらぬ方向へ患《わずら》っているのは、周知の事実だ。小梅は肩をすくめた。

「ご期待に沿えなくて申し訳ないですけど。友達ですよ、純然たる」

「僕は、男女間に真なる友情は成り立たないと思うけどね」同性の友達すらいそうにないくせに、天明屋は偉そうにいった。「君らの間にある友情がいつまで続くか、興味があるな」

「どうですかね。あっちが卒業したらあっさり疎遠になりそうな気もしますけど」

男女の友情の定義はわからないが、小梅は小梅なりに杉松に友情を感じている。だが、かといって所属するコミュニティが変わったあとまで関係が続くとは限らない。

「先生こそ、そんなに堂々とガールフレンドの数なんか自慢してると、また新しい方に逃げられますよ。女性は嫉妬《しっと》深い生き物ですから」

小梅は、ポーカーフェイスを作ってそういった。

なんと、天明屋には最近、また新しい恋人ができたらしいのだ。杉松から聞かされた甚《はなは》だ面白くないこの手の話は、実は初めてではない。彼に関する浮いた噂が出るのはすでに二度目である。ついでにいえば、すぐ振られるというのも杉松の予告通りだった。

「女の人は難しいね。女性慣れしている男を敬遠するわりに、女の影がまったくないと男として見られないと対象から外す。君らの要求に、僕ら男はついていくのでやっとだよ」

小梅の忠告には答えずに、天明屋はにやにやと笑った。

2

五月の大型連休を翌日に控えたその日、杉松に連れられ、小梅は工学部構内の一階にある院生室に初めて来ていた。建築学科のある工学部へ転部するための試験勉強をひと休みし、小梅は時計を見た。このあと、『カレーメン』の飲み会があるのだ。

「杉松、そろそろ出ないと間に合わないよ」そういって、小梅は杉松がちょこまかと動いているほうを見た。「その彼女《ひと》、だいぶ大きくなってきたね」

杉松の伸ばす手の先、膝《ひざ》より少し高いくらいの円卓の上に、どっかりと乗っている杉松の恋人《かのじょ》がいた。

全長は何メートルほどになろうか――彼女の中央から伸びる一番高い主塔は、天井まであと三〇センチメートルほどのところまで到達している。主塔の周囲を無数の塔が囲んでいて、そのすべてに小さな鐘が揺れている。まさに巨大な楽器。無機物ながら美しきこの彼女――スペインの世界遺産、サグラダ・ファミリア教会の巨大模型であった。

実物のサグラダ・ファミリア教会は、主塔の高さが九十五メートルにも上り、幅六〇メートル、奥行き九〇メートルの超巨大建造物だ。この模型は、ちょうど本物とおなじくらいの進行度まで製作されているらしい。

そして、まぎれもなく、この巨大模型――彼女こそが杉松の自称する愛《いと》しき恋人なのだ。何度訊《き》いても本人がそうだというのだから間違いない。曰《いわ》く、心から愛し合っているとのことだ。愛は種を超えるということか、生物であるかどうかすら愛の前では些細《ささい》な問題であるとは、人間の愛というのは恐ろしい。底が知れない。

「このままだと、その彼女《ひと》、実物より早く完成しそうだね」

「うん……」杉松は、慈《いつく》しむようにそっと彼女に触れて、素直にこくんと頷《うなず》いた。

不思議なもので、杉松の主張を聞いているうちに小梅の目にも彼女が女の顔をしている気がしてきた。小梅もかなり毒されているということだろうか、一見直線的に思えるフォルムは実は曲線美に満ちており、その全景は天に向けて凛《りん》と背筋を伸ばして立っているように思えた。

フニクラアーチと呼ばれるこの曲線美は、実はデザイン性だけではなく構造上の合理性を追求して形作られている。両端を固定して吊るされた紐《ひも》の描く垂れ下がった曲線を上下逆さまにすれば、それはそのまま構造的に最適な形態となるのだ。

すると、この手の蘊蓄《うんちく》を小梅に叩きこんだ張本人が顔をあげた。

「お、そうだ」杉松は、自分の私物で占有しているデスクをゴソゴソと漁《あさ》った。「おまいさん、建築に興味持つようになったんだろ。これ、使わなくなったんだけど、いる？」

手渡されたくしゃくしゃの紙を広げると、そこには無数の図形が描かれていた。タイトルには、『1／60スケール　サグラダ・ファミリア模型図』と印字されている。

小梅はパッと顔を輝かせた。

「これ、彼女の設計図？　欲しい！」

「おう、持ってけ」

この設計図に模型の材料となるスチレンボード板やスタイロフォームを直接載せて、ヒートカッターで型を切り取って組み立てていくのだ。杉松が切り分け作業をしているのを見たことがある。建築物の設計図を見慣れていない小梅は、紙面いっぱいに描かれている図面を見て、むしろ実物より大きくさえ感じると思った。

するとその時だった。院生室のドアについているガラス窓に、ふいに男の顔が覗《のぞ》いた。見覚えがある気がするが、誰だったか。男の甘い面立ちが曇り、続いてドアが開く。

「——なんだよ。誰かと思ったら杉松か。おまえ、加古川《かこがわ》教授の手伝いはもう終わったの」

ふいに入ってきた男は、棘《とげ》のある声音《こわね》でそういった。どうやら院生のようだ。横柄な物言いは、下級生にはあり得ない。彼は続けた。

「またそのデカい模型弄《いじ》ってんのか。いい加減邪魔だから撤去しろよな」至極正論な主張をして、彼は壁の時計に目を向けた。「あと十分で六時だな。もう鍵しめるから出てってくれ」

「逸瀬《いっせ》か、鍵貸してくれよ。連休中も来たいんだお。鍵は漏れがしめとくから」

逸瀬。その名が杉松の口から出て、小梅はふと思い出した。

たしか彼は、『サークルリア充』とかいう洒落《しゃれ》が効いているようで絶妙に痛い名前のオールラウンドサークルを率いている部長だ。一度だけ、『カレーメンン』のメンバーと彼が話しているところに遭遇したことがある。

「やだよ。なんかあったら責められるのは俺になるだろ。加古川教授に直接頼んでくれ。

急いでるんだよ、俺たちのサークルはこれから旅行なんだ。六時に正門で待ち合わせて出発する予定だから時間がない……おい、窓の鍵もちゃんと確認しろよな」

まるで太った羊を追い立てるコリー犬みたいだ。逸瀬はもうドアの前に立ち、動く気はないらしい。もともと杉松がこの院生室を使っていたから当然かもしれないが。

するると、窓の辺りで動きまわっていた杉松がいった。「全部しまってるお」

「よし、じゃあ早く出ろ、ほら、さっさと」

杉松に続いて院生室を出た小梅が振り返ると、逸瀬が手際よく鍵をしめていた。ドアについているガラス窓の向こうには、無口《もけい》な性質の彼女が聳《そび》えていた。

廊下を少し歩き、逸瀬と離れたところで小梅は訊いた。

「……ねえ。杉松って、逸瀬さんと仲悪いの？」

「？　なんでだお」

「いや、なんとなく」

逸瀬からは、杉松と関わりたくないオーラが目に見えるほどに漂っていた。あの整った顔立ちからしてキャンパスライフになんら不自由なさそうな逸瀬は、杉松とは別世界の人間に見える。水と油というやつか。

そう考えたところで、ふいに小梅は、「あ」と声をあげて懐《ふところ》を漁った。

「ごめん、あたし、院生室に携帯忘れちゃった。ちょっと取ってくる。先に行ってて」

さっと踵《きびす》を返して院生室に入ろうとすると——、ドアが開かない。

そうだ。ついさっき、逸瀬が鍵をしめていたのだ。

逸瀬を追いかける前に、小梅は止まった。ドアのガラス窓から覗いた院生室が、妙にがらんとして見えた。しばらく考えて異変の理由に気づき、小梅はぽかんと口を開けた。

「あれ……、いない」

気がつけば、杉松の大切な人が、どこにも見当たらなかった。

目を何度瞬《またた》いても、院生室内の光景は変わらなかった。さっきまでいたはずの存在感たっぷりの彼女だけがいなかった。杉松の心の恋人——サグラダ・ファミリアの巨大模型が。

小梅自身もどこか現実感のないまま、杉松を呼んで内部を確認させると、彼は壊れた。

「うぎゃあああ!!」

3

「——なるほど。それで杉松君は、行方不明になってしまったというわけか」

天明屋は、苦笑してそういった。唇を窄《すぼ》め、小梅は抗議した。

「笑いごとじゃないですよ、先生」

大型連休の真っ只中、大学構内は閑散《かんさん》としていた。天明屋も、いつにも増してやる気のなさそうな顔でバルセロナ・チェアに足を組んで座っている。

小梅は、解禁になった『マリア』に腰かけていった。

「杉松が家に帰らなくなってからは、三日目です。一応生きてはいるみたいなんですけど」

崩壊した杉松を引っ張って急いで逸瀬を呼び戻して鍵を開けてもらって確認したが、状況は変わらなかった。院生室には誰もおらず、小梅の携帯電話は机の上にあった。ただし、携帯電話よりもずっと所在確認が容易なはずの彼女だけが不在なまま。

「院生室の隅々まで捜したんですけど、彼女はどこにもいませんでした。そのうちに杉松が号泣したままどっかに消えちゃったんで、大急ぎで院生室を出て追いかけたんですけど、結局あたし一人じゃ捕まえられなくて。『カレーメン』のみんなに連絡して、大騒ぎで杉松を捜すことになって……」

「もしかすると、彼女は自分の足で逃げたのかもしれないな。恋人兼生みの親の杉松君に愛想を尽かせて」

「冗談いってる場合じゃないですよ、先生。なんとか彼女を捜しださないと、杉松が」

「放っておけばいいじゃないか。杉松君の将来を思えば、僕はこれを機に彼女とは手を切るのが一番いいと思うけど」

そういわれてみれば、そうかもしれない。小梅は口ごもった。

本当の友達ならば、彼の問題点を指摘してあげるべきなのだろうか。どうせいつかはこの不毛な恋愛を卒業するなら、早いに越したことはないのはたしかだ。

けれど、本人が好きでやっていることに外野が口を挟むのも無粋な気がする。単純に、杉松になにかを指摘しても返り討ちにあうだけだとわかっているというのもあるが――。

「でも、あたしは、友達として、彼女がどうして急にいなくなっちゃったかくらいは突き止めてあげてもいいかなって思うんです。杉松、泣いてましたし」

小梅は、天明屋を見つめた。本人も自負する天明屋の運の良さと、そして回転の速い頭脳はきっと頼りになる。天明屋の返事を待たず、小梅は続けた。

「『カレーメン』のメンバーから聞いたんですけど、杉松には、少し前から今度の件を予言するような脅迫状が届いてたらしいんです。ほら、見てくださいよ、これ」

小梅は、折り畳んだA4のコピー用紙を取り出した。

「これを見て、鍵の壊れてる『カレーメン』の部室から、鍵のかかる院生室に杉松が引っ越しさせたそうなんですけど。……文面読みますよ。『彼女は神の物、神の物は神に返しなさい』――妙な文章ですけど、これは、聖書の一節をアレンジしたものらしいです」

天明屋に脅迫状を手渡すと、彼は頷いた。

「知ってるよ。原文は、『カエサルの物はカエサルに、神の物は神に返しなさい』だったかな。宗教団体から税金を取る是非《ぜひ》についての問答だ」天明屋は、にやりと笑った。「キリストは、宗教団体にも税金を納めろと答えているわけだ。当時の神殿は神の威光を盾に私腹を肥《こ》やしていたから、それを戒《いまし》めたということだな。興味深いね。そういえば、今の日本も宗教団体は、ほとんどが非課税対象だ」

さらに、脅迫状には、文字の他に奇妙なマークが印刷してあった。それは、掌《てのひら》に目が浮かび上がっているどこか不気味な印であった。

「これも知ってるな。サグラダ・ファミリアの信仰の門にある彫刻だ」

「らしいですね」頷いてから、小梅は天明屋の顔色を窺《うかが》った。「宗教がかった文面といいこのマークといい……、いやに手が込んでて芝居じみてると思いません？」

「うーん。ま、変な事件であることはたしかだ」

バルセロナ・チェアに座ったまま、天明屋は長い脚を組み替えた。すかさず、小梅はあらかじめ用意しておいた天明屋専用に編みだした特薄コーヒーを差し出した。

杉松から聞いていた。このバルセロナ・チェアに座っている時、天明屋の頭はもっともよく働く。それにコーヒーがつけば完璧だ。天明屋は頷いて続けた。

「奇妙な文面の脅迫状に、彼女を一瞬で攫《さら》ってみせた誘拐トリック、それから売り物になんかなりそうにない彼女を杉松君から奪った動機か。たしかに変なことがずいぶん重なっているね」

「同感です。でも、残念ですけど無事な姿の彼女と再会するのはもう不可能みたいですよ」

「それはどうして？」

「これです」小梅は、懐からメジャーを取り出した。「院生室の窓の大きさを測ってきたんです。杉松から貰った設計図を窓に当てて確認しましたけど、杉松の彼女はあの窓を通りません。一部か、あるいは全部を壊して窓から持ち出したんだと思います」

天明屋は、小梅の手をしげしげと眺めた。「へえ。結構真面目に調べたんだな」

「当たり前です。杉松があんなに心血注いでいる恋人を奪うなんて、ヒドイですから」小梅は、天明屋の同情を買うようにいった。「あれだけ人目を引く女性《かた》ですけど、目撃情報が全然なくて、八方塞がりなんです。大事な教え子のために、どうか力を貸していただけませんか？　天明屋先生」

「まあ、どうせ暇な身だ」バルセロナ・チェアでしばらく考えていた天明屋が、ぐっと伸びをした。「それじゃ――、杉松君の恋人を攫った犯人像について、エスキスしてみよう」

推理を始めた天明屋に、小梅は説明した。

「杉松たちの使っている院生室に、窓は全部で四つ。天地が一一〇センチメートル、横は一六〇センチメートルでした」取ってきたメモを、小梅は読み上げた。「一応床から天井の高さも測ったんですけど、二五〇センチメートルでした。それで、窓の鍵は普通の……、クレセント錠《じょう》っていうんですね。もちろん外からは開きませんし、窓に穴も開いてません」

「ん?」と、不審げに天明屋が眉をあげた。

聞き取れなかったのかと思って、小梅は今の説明をもう一度繰り返し、杉松から貰った模型設計図を広げた。やっぱり、こうして紙で見てみるとずいぶんと彼女は大きかったのだと感じる。机の上に乗っている彼女しか見たことがなかったから、どれほどの身長があるのかよくわからなかったのだ。

「図面見せてくれる?」天明屋は、設計図を眺めてコーヒーに口をつけた。「それと、失《しっ》踪《そう》当時の状況だ。なるべく詳しく教えてくれ」

「あの日は『カレーメン』の飲み会の予定だったんです。連休前で午後は休講だったたし、他のサークルでもなにかしらイベントをするところが多くて、ほとんど誰も大学に残ってませんでした。あたしと杉松は買いだし担当だったんです。杉松は五時半すぎまで加古川教授の手伝いをして、終わったあとで院生室に寄りたいっていうから一緒に向かったんです。杉松はいつも、連休前には彼女を保全するために最後の確認に行きますから」

　そこに、逸瀬が現れたのだ。『カレーメン』の他の建築学科生に訊いたところ、逸瀬は加古川教授のお気に入りで、教授が不在の時などは院生室の鍵の管理も任されているらしい。連休前のあの日も、加古川教授に頼まれて最後の戸締まりに来たところだった。

「じゃ、ドアに鍵をかけたのは逸瀬君なんだね？」

「ええ。でもドアの鍵はたしかにかかってましたよ。あたし、携帯を忘れて院生室に戻ろうとして、ドアの鍵を確認しましたから。ドアはちゃんとしまってました」

　そして、彼女の失踪に悲鳴をあげた杉松を引きずって逸瀬を追いかけ、鍵を貸してもらったのだ。逸瀬はその時誰かと電話をしていて、小梅が声をかけるとひどく驚いていた。時間がないとさんざん渋ったが、それでも緊急事態だから一緒に戻ってくれたのだ。

「で、院生室に帰ったが、やはり彼女はいなかった……、と」

「はい。彼女本体どころか、欠片《かけら》一つ残ってませんでした」

　模型の材料のスチレンボード板やスタイロフォームは、発泡スチロールで作られている。無理に持ち運ぶために壊したりすれば、必ず発泡スチロールのカスが出る。

「ドアには鍵がかかって、室内には彼女の痕跡《こんせき》すらなかったわけだ。窓はどうだった？」

「全部しまってたみたいです」
「というと、窓を調べたのは君じゃない？」
「逸瀬さんです」
「なるほど」少し考えたあとで、天明屋が訊いた。「ちなみにいやに忙しげだったたってい
うその逸瀬君は、その日どんな予定があったんだい」
「なんでも、サークルの旅行があるとかいってました。逸瀬さんは、『サークルリア充』
っていうオールラウンドサークルの部長なんですよ」事実を伝えてから、小梅は天明屋を
見た。「……もしかして、逸瀬さんを疑ってるんですか？　けど、あの人には無理ですよ。
最初に鍵をしめて院生室を出たあと、そのまま廊下を歩いていったのを見てますから。逸
瀬さんが戻ってきてドアから彼女を運び出したりすればすぐわかったはずですし、そもそ
も院生室を出る前に窓の鍵を確認したのは杉松なんですから」
「ふーん。まあ、たしかにそうだな」天明屋が、唇の端を片方すっと持ち上げた。
なにか含みのありそうなその笑みを見て、小梅は訊いた。
「まさか、先生……、もうなにかわかったんですか？」
「まあね。そもそも彼女が消えたトリック自体は、そんなに手の込んだものじゃないと思
う。どちらかというと問題は、犯人がなぜ杉松君の恋人を攫い出したかのほうだよ」

「え!?　でも、じゃあっ……」

「駄目だ、まだ教えてあげない」

「な、なんですか、それ！」

「確信があるわけじゃないんだ。もっとも望ましい形で解決したいなら、焦りは禁物だよ。結論を出すのはもう少し調査を進めてからでも遅くないと思うよ。たぶん」

「もったいぶらないでくださいよ。せめて、ヒントだけでも教えてください」

「せっかちだな。そんなに慌てなくても、落ち着いてよく考えれば君にも直《じき》にわかるはずだよ」人差し指を立て、天明屋は小梅に『待て』と示した。「それじゃ、君にもわかるように話を進めよう。次は、逸瀬君が率いるそのサークルについていくつか確認したい」

腑《ふ》に落ちないものを感じつつ、小梅は素直に頷いた。

「わかりました。それじゃ、とりあえずネットで調べてみます」小梅は、講師室のパソコンを借りた。便利な時代になったものだ。キーボードを叩いているうちに、すぐに目当てのものが見つかった。「……ありましたよ、先生。見てください、これ、逸瀬さんのサークルが運営してるウェブサイトです」

「へえ、サイトなんて作ってるのか」

「ちゃんと定期的に更新されてるみたいですね。学内限定、人数は約二十人、男女比ほぼ一対一、アットホームな雰囲気が特徴で……」

サイトを開くと同時に流れ出した、いかにも意識の高そうな音楽に、天明屋が苦笑した。

「すごい気合いが入ってるね。まるで企業のホームページみたいだ」

「活発なサークルに入れば、就活の時に自己PRに使えますから」頷きながら、小梅はどんどんブログを遡《さかのぼ》って読んでいった。「人数がいるわりに、ブログに出てくる人が固定してますね。時々、部外者の荒らしっぽいコメントも入ってるし……」

『サークルリア充』の主要メンバーは、どうやら四人。部長である逸瀬の他に、岸本圭祐《きしもとけいすけ》、沼井理子《ぬまいりこ》、東野愛菜《ひがしのあいな》という名がブログの常連だった。

「ふむ。彼らは逸瀬軍団ってところかな」

「ええ、かなり仲が良いようですね。ブログを見る限り、毎日一緒って感じみたいです」

サイトトップに戻ると、ご丁寧にもメンバー全員の顔写真と簡単なプロフィール一覧までもが載っていた。ずらりと並ぶ小奇麗《こぎれい》な容姿を見て、小梅はハッとした。

「今思い出したんですけど、そういえば、一年生の時にこのサークルの話を聞いたことがありました」腕組みをして、小梅は記憶を辿《たど》った。「『サークルリア充』って、たしかあんまり良くない噂があるサークルでしたよ」

「ほう。どんな?」

「うろ覚えなんですけど。メンバー厳選サークルで、入る時に面接があるらしいって噂を聞いたことがあったんです。この華やかなサークルの雰囲気に合わない微妙な子は門前払いされちゃうとかで。それだけに、内輪の結束は強いみたいですけど……一部にはあまり評判良くなかったはずです」

まさに、リア充限定サークルだ。

顔面偏差値テストこと顔セレクションがあるサークルというのはたしかに存在するようで、そういうサークルは勧誘のチラシを配る新入生も厳選しているらしい。悲しいかな、顔面至上主義はこの自由な学風の私立大学にまで蔓延《まんえん》しているのだ。

どこか自慢げなブログを眺めて考えるうちに、小梅はハッと気がついた。逸瀬に犯行が可能だった理由。それは――。

「先生！　それじゃ、ひょっとして逸瀬さんは……」

「わかったかい？　まあ、おそらくそんなところじゃないかな」目をあげた小梅に、天明屋は意味深に微笑《ほほえ》んだ。「杉松君の彼女を攫った方法にも見当がついたことだし、次の行動に移るとしよう。月島《つきしま》さん」

4

——その女がやってきた時、沼井理子はまたかと思った。指定した地下に店舗のあるカフェに入るなり周囲を見まわし、「今日は部長さんはいないんですね」なんていったからだ。逸瀬目当てでサークルにやってくる新入生なんて、珍しくもなんともない。

「逸瀬は今日バイトなの。サークルのことはウチが説明するから」

理子がそういうと、どうしてか、その女は縁の茶色い眼鏡を外して頷いた。

「そうだったんですね。沼井先輩……でしたよね。よろしくお願いします」

「理子でいいから。みんなそう呼ぶし」

先輩という敬称に、理子はあからさまに眉をひそめた。たかだか一歳二歳若いだけのくせして、人を年上だと強調している気がして癪《しやく》に障《さわ》った。女子大生は何年生かで価値が決まると言外にいわれているように感じた。

大学の体育会系部活の年功序列制度を表した『四年神様三年貴族二年平民一年奴隷』という言葉があるが、それを元ネタに、この大学の女子大生は『一姫二女三婆《ばば》四屍《しかばね》』という身分制度が敷かれていた。男だったら今頃貴族のはずなのに、女なばかりに婆扱いである。

一方の逸瀬は、院生となった今は体育会系でもないのにサークルでは神も同然の扱いだ。新入生の女に泣きながら逸瀬を好きだと相談されたことが、何度あったか。逸瀬はそんなに甘い山じゃねえぞと、理子は目の前に座る入会希望者のプロフィールを値踏みした。

「月島さんだっけ。経済学部の……、なんだ、二年か。道理で変な時期に来たと思った」

「ええ、そうなんです。……あの、これって面接なんですか？」

表情を窺うように訊かれ、笑顔を作って理子は首を振った。

「そんな大袈裟《おおげさ》なもんじゃないよ。うちのサークルについてちょっと前もって説明しとこうかなってくらい。サイトとかも作ってるし、中には個人情報にうるさい人もいるからさ」

にぶいのか、月島は「はあ、そうなんですか」と曖昧《あいまい》に頷いた。だが、こういう鈍いのが男受けするのも事実である。まったくもって世の男はみんな見る目がない。

「誤解してる人も多いけど、うちは結構真面目なサークルなんだ。飲み会とかバーベキューとかのイベントの他にボランティア活動も定期的にやってるけど、そこは大丈夫？　ウチらはそういうのがほんとのリア充だと思ってるからさ。野外で何時間もぶっ続けでゴミ拾いしたりとか結構ガチる感じだけど、飲みだけ参加とかは遠慮してもらってるから……」

すると、折悪《おりあ》しく、ふいに聞き慣れた声がかかった。

「あれ？　理子いんじゃん」ぎょっとする間もなく、そういって若い男が割って入ってきた。彼は店内を見まわし、理子にこう訊いてきた。「ガシノは？　今日シフトだろ」

「さっき休憩入ってたよ。このあとお茶しようって。だからアンタは、どっか外で――」

「お、なに、新しく入る子？　説明会、今日だったんだ。俺四年の岸本ね、よろしくー」

出ていかせようとしたのだが間に合わず、岸本はそういった。日に焼けた顔に映える歯並びのいい白い歯を見せて、岸本がパッと手を差し出す。握手に応じ、月島も会釈をした。

「初めまして。経済学部二年生の月島です」

岸本の登場に、さっきまでオドオドしているように見えた月島の目が嬉しそうに光った気がして、理子は焦った。隣に座った岸本の胸を叩いて、こう突っ込む。

「岸本、アンタ、課題はどうしたのよ。サボってばっかいると、また留年するよ？」

「いいじゃん、息抜きも大事っしょ。ねー、月島さん」

まだ握手の手を放さず、岸本が月島と繋いだ手をブンブンと振る。

理子は慌てて二人の手を離させ、「月島さん引いてるじゃん、セクハラ禁止！」と割り込んだ。岸本は理子の反応の速さに「ナイス突っ込み！」とケラケラ笑い、月島を見た。

「あ、俺、一応サークルの副部長ね。フットサルサークルとも掛け持ちだからいたりいなかったりなんだけど。困ったことがあったら理子《コイツ》に聞いて。コイツ、一見怖そうだけど本当はすげえいい奴だから安心してね。サークルの奴らもみんな基本優しいから」

その評価に、理子は思わず顔が綻《ほころ》んだ。よかった。ちゃんと見ていてくれているんだ。

自分も高校までバスケをやっていたからだろうか。理子は、インドア派の標本みたいな色白の逸瀬より、いつまでもスポーツ少年みたいな岸本のことが好きだった。浪人組なのも一緒で、なにかと気が合う。逸瀬はサークルの看板だけれど、岸本だって結構いい顔をしているし、男は顔じゃない。理子はそう思う。

「なあ理子、次の飲みは月島さんの歓迎会ってことにしようぜ」

すると、理子が答える前に月島が頭を下げた。

「歓迎会なんて、ありがとうございます」月島は、理子と岸本の顔を窺うように見比べた。「実はあたしの友達で、一緒に『サークルリア充』に入りたいっていってるのがいるんですけど。その次の飲みに連れてきてもいいですか？」

サークルの入会希望はだいたい友達同士で来る。女ならなおさらだ。サークルの女の比率がまた上がるのは憂鬱《ゆううつ》だし、そもそもなんで今日連れてこなかったのだろうと不審には思ったが、理子は月島に続きを促した。「で、なんて子？」

「杉松ヒロシです。建築学科の院一の男なんですけど」

その名を聞いた途端、理子と岸本は動きを止めた。思わず互いに目を合わせ、それから、理子は岸本を目で制して口を開いた。

「へ～……。月島さんって杉松ヒロシと友達なんだ。なんか意外」

「あれ、知ってるんですか？」首を傾《かし》げたあと、月島はポンと手を打った。「そういえば、岸本さんも杉松とおなじ建築学科なんでしたね。顔を合わせたことくらいはありますよね」

「いや、あんまり話したことない。学年違うと絡むことなんてほとんどないから」

即座に岸本が否定する。露骨に嫌悪感を声に出した岸本の返答に、理子が補足を加えた。

「ウチも、顔以外は知らないよ。でもね、月島さん。大学の時からサークルにいた人以外は、院の人は基本断ってるんだ。すぐ卒業だし、サークル活動とかやってる暇ないでしょ。在籍だけとかされても正直迷惑だし」

しばらく黙っていたが、やがて月島は殊勝げに頷いた。

「……わかりました。じゃあ、杉松にはそう伝えときます」

落ち込んだように見えた月島に、ハッとしたように岸本が「ルールだからってだけだから、気にしないで」とフォローを入れている。その横で、ふと理子はこう呟いた。

「あれ……、でも杉松って、今は大学来てないんじゃなかったの」

噂によれば、飲み会になんてとてもじゃないが行ける状態ではないはずだ。そう思って顔をあげると、月島がじっと理子を見つめていた。

「そうですね。ただでさえ単位が危ないっていうのに……、困ったもんです」

なぜだか月島のその目が、いつまでも理子の脳裏に残った。

天明屋空将《たかと》講師室に小梅が戻った時、部屋の主の姿はどこにも見当たらなかった。不在かなと思っていると、どこかからくすんくすんと泣き声が聞こえてくる。しばらく耳を澄ませ、やがて小梅は部屋の主の所在を突き止めた。

「……なにをしているんですか、あなたは」

フィンランドのデザイナー、エーロ・アールニオのデザインした、球を斜めに割ったような形のボール・チェアの中にすっかり収まって、天明屋は膝を抱えて泣いていた。

どこにいるのかすぐわからなかったのは、このボール・チェアが周囲から七〇%もの音を遮《さえぎ》る優れものでもあるからだ。アールニオはみごとにこの椅子の中に隔離された一つの小さな世界を作り上げている——が、この場合、泣き声だけ聞こえて所在がわからないのは、怪談じみていてあまり有益ではない。

「月島さん……。僕のことは放っておいてくれないか」肩を震わせる姿は全力で構ってほしそうだが、天明屋は哀れっぽく続けた。「もうなにもしたくないし、なにも考えたくないんだ」

「また七面倒くさいことを……。いったいなにがあったんです」

「黙秘します」

天明屋の返事にしばらく考えていたが、すぐに小梅は「あ、わかった」と手を打った。

「さては天明屋先生、……また振られましたね？」

ぎょっとしたように、天明屋が涙目を小梅に向けた。そしてわっと大げさに声をあげ、膝に顔を埋《うず》める。

「わかりました、全部なにからなにまでわかっちゃいました」小梅は、自分の尻から先の尖った尻尾でも生えてきたような気分でいった。「大方、彼女とデート中にご自慢のガールフレンドのお一人から携帯に着信でも入って、見られちゃったんでしょう」

「う、うわあああん！」

咽《むせ》び泣いている天明屋の頭を優しく撫《な》でながら、小梅はニヤニヤと続けた。

「で、怒ってる彼女に構わず『交流関係を狭めたくない』とか『僕は考えを変えない』とか開き直って墓穴を掘って、その場でポイ捨てされましたか」

天明屋は否定もせずに、『アイリス、アイリス、アイリスぅ……』と、うわ言のように呟きながらボール・チェアを撫でまわしている。

「あーあ。だからいったんですよ、ガールフレンドの数なんて自慢するもんじゃないって。

そんなの聞いて、気分のいい女性なんていいるわけないじゃないですか。やれやれですよ」

「どうしてそこまでわかるんだ。もしや君、エスパーなのかい」

「名探偵と呼んでください」いつもとの立場逆転に気をよくし、小梅は得意顔で天明屋の顔を覗き込んだ。「ご注文どおり行ってきましたよ、先生。逸瀬軍団こと、岸本さんと、それから沼井さん。少なくともあの二人は、杉松の恋人失踪事件に一枚噛《か》んでます」

杉松の名前を出した瞬間わかった。彼らは、杉松と少なからぬ因縁と探られたくない肚《はら》がある。説明会とやらに逸瀬が現れる危険はあったが、リスクを負った甲斐《かい》はあった。

「杉松のこと、あの人たちは嫌ってるみたいですね。興味ないふりしてましたけど、今杉松がどういう状態にあるかもしっかり調べてるみたいでした」

「そんなの、もうどうでもいいよ。君が適当に調べといてくれ」

そういって目を伏せようとした天明屋の頬を、小梅は両手で思いっきり挟み込んだ。

「先生！　助手としてアドバイスさせていただきますが、失恋した時ほどなにか他のことに打ち込むべきなんですよ。そのほうが、早く立ち直れます！」

「そうかな。僕は、失恋の傷を埋めるのは新しい恋だと思うけど」

「……意外と冷静ですね」

「女性に捨てられるのは慣れっこなんだ」格好悪い台詞《せりふ》を堂々と吐き、天明屋は胸を張った。「新しい恋がしたいな。月島さん、助手ならなんとか僕の望みを叶えてくれ」

そういって、天明屋が小梅を見つめてくる。一瞬その目に必要以上の深読みをしそうになって、小梅は慌てて天明屋の頰から手を離した。

「その冷静な頭で少しは考えて協力してくださいっ」仕切り直すように、小梅は咳《せき》払いをした。「と、とにかくですね、院生室から彼女を攫ったのは、逸瀬さんたちで間違いないと思います。今日の反応を見る限り」

すでに小梅にも、天明屋が逸瀬を犯人だといった理由がわかっていた。たしかに逸瀬ならば、杉松の恋人を誘拐するのに込み入った仕掛けを使う必要はない。

「逸瀬さんには、共犯者がいたんですね。彼女をあのわずかな時間で誘拐したトリックは、一人じゃ到底不可能ですから」

彼女が誘拐された時、たしかに院生室のドアの鍵はしまっていた。そして、院生室内に彼女を隠せる場所はない。とすれば、窓から彼女を連れ去る以外に方法はない。窓の鍵を真っ先に確認したのは逸瀬だ。ならば、犯行が可能なのは彼だけだ。彼が偽証をしていれば、あの部屋の密室の謎はあっさり崩れる。

「そういうこと」涙をハンカチで楚々《そそ》と拭き、ようやく天明屋がボール・チェアから立った。「院生室には誰もいなかった。だけどそれは、彼女がいなくなったことを知って君らが院生室に戻ってきてから確認したことだ。——本当はいたんだ。君ら三人が一度院生室を出たその時に、部屋のどこかに」

天明屋のいうとおりだ。事件が起こる前に、わざわざデスクの隙間やロッカーの中まで調べて無人であることを確認してから施錠する者はいない。

「部屋に潜《ひそ》んでいた逸瀬君の共犯者たちは、窓の鍵を開け、彼女を運び出した。君が偶然忘れた携帯電話を取りに戻ろうとドアから中を見たのは、ちょうど彼女を窓の外へ連れ出したあとだったんだろうね。逸瀬君を追いかけた時にかけていた電話というのも、大方共犯の誰かと首尾を報告し合ってたんじゃないかな」

だから、『鍵を貸してくれ』と頼んだあの時、逸瀬はひどく驚いていたのだ。そして、電話を通話状態のままにすれば、院生室にいる共犯者にも伝わっただろう。すぐにも小梅たちが引き返してきて、院生室の内外を調べようとすることが。

「彼らは運が良かったんだよ。杉松君が失踪しなければ、たぶんすぐに事件は解決してた」

「そうですね。あたしがあの時、慌てて杉松を追わないで、ちゃんと確認してれば」

ちょっと見れば、すぐにわかったはずなのだ。岸本たちが、彼女と共に、おそらくは窓の外の下にでも隠れていることが。

「しょうがないよ。あとの祭りだ」

肩をすくめた天明屋に、小梅は頷いた。

「杉松の彼女を攫ったトリックはわかりました。けど、動機がわかりません。どうして逸瀬さんたちは杉松の彼女を誘拐したりしたんでしょうか。『カレーメン』に入ってから一年くらい経ちますけど、杉松と逸瀬さんたちのイザコザなんて聞いたこともありませんよ」

「杉松君とおなじく逸瀬君は院生だ。そして、岸本君が四年生で、沼井さんと最後の一人の東野さんが三年生。もしかすると事の発端は、僕らがこの大学に来る前に起こったのかもしれない。何年も前のことなら、調べるのは難しいな」

なにがいいたいのかと天明屋を見つめていると、彼も小梅を見返した。

「僕らにはもう一つ、建築学科に駒《こま》があったね。それも、ちょうどよく結構な古株の」

「え……？　あ」

ハッとして、小梅は目を見開いた。たしかに天明屋と小梅には——いや、正確には小梅には、この件で話を聞くに最適な心当たりがいる。

「猫柳《ねこやなぎ》さん……、ですね」あの猫背男には散々迷惑を被《こうむ》ったばかりだ。気乗りがしない。

「人使いが荒いです、先生。あたしばっかりが聞き込み担当じゃないですか」

「心配しなくても大丈夫だよ。彼はあれからずいぶん反省して、まるくなったみたいだから」天明屋は、小梅の肩をポンポンと叩いた。「それに、杉松君の友人は、他ならぬ君だろ？　頑張りなさい。僕はここで健闘を祈ってるから。さあ行っておいで」

爽《さわ》やかな微笑《ほほえ》みを浮かべ、天明屋は小梅を送り出した。

5

天明屋のいった通り、猫柳は意外なほどあっけらかんとして小梅の誘いに乗った。ビールをグイッと飲んだあとで、彼はおもむろに口を開いた。

「杉松と逸瀬君ね。そういやなんかあったよ。あの二人、ああ見えて昔は結構仲良かったんだ。一緒に内輪のサークル立ち上げたりしてさ」

「え、そうだったんですか？」

壁一面に筆書きのメニューがごちゃごちゃと貼られている神保町《じんぼうちょう》の居酒屋で、畳席に向かいあって座る猫柳はこともなげに頷いた。

「逸瀬君って、誰にでも当たりはいいタイプだからね。杉松も、話すと結構面白い奴でしょ。だから逸瀬君も面白がってつるんでたんじゃないかな」

「仲違いのきっかけ、覚えてます？」

「なんだったかなあ。……そうだ、そのサークルだ。一緒に始めたサークルが、なんだか知らないけど途中で空中分解して分かれちゃったんだよ。今は名前を別にして活動してる」

「それって、まさか……」

「えーと。たしか、『サークルリア充』と、『カレーメン』だったかな」

小梅は絶句した。水と油どころか別の世界の所属だといわれても納得しそうなほどに性質の異なる二つのサークルが、源《みなもと》を辿ればおなじだったとは。

「元はサークル名も自虐《じぎゃく》ネタの一環だったんだよ。それが、逸瀬君が仕切るようになって、『サークルリア充（笑）』から、『サークルリア充（ガチ）』に変わったってわけ。そして今や、『サークルリア獣』へ……おお怖い。ねえ、ビールお替わりいい？」

「どうぞどうぞ、グイグイどうぞ」

経費は天明屋の事務所宛てに請求しようと思いつつ、小梅はさらに酒を勧めた。ほろ酔い顔で猫柳は小梅が情報提供の報酬《ほうしゅう》に撮ってきた自宅の写真に見惚《みと》れてにゃあにゃあと鳴いている。

「そうそう、思い出した。逸瀬君がさ、杉松と作ったカレーラーメン同好会を途中で乗っ取っちゃったらしいんだよ。組織力はすごいからね、彼。男ばっかりでひたすら食べる集まりだったのに、女の子たくさん入れて、ダサ男《お》まるだしの元メン居づらくさせて。特に杉松は、かなりネタにされて笑われてたみたいだにゃ」

酔いが深まるとともに突然混入され始めた猫柳の猫っぽい所作には突っ込みを入れずスルーし、小梅は腕組みをして考えた。たしかに杉松は、弄られキャラになりやすいタイプだ。けれど、杉松自身は弄られても気にしない。それは杉松が抜きんでて優れた頭脳を持っているからだ。たぶん、ほとんどの場合、関わるメンバーの誰よりも。

猫柳の杉松考察もおなじようで、彼はこういった。

「ま、杉松は全然気にしてなかったみたいだけどね。でも、カレーもラーメンも食べに行かない飲みばっかりのサークルになって、ウンザリして辞めたみたい。で、また新しく『カレーメン』を作ったんだと、思うんだけど……」そこで言葉を止め、猫柳はビールを飲み干した。「当時、同学年だったメンバーはみんな就職したから、詳しく知ってるのはもう杉松の他には逸瀬君しか残ってないんじゃないかなあ。あの二人、なんで喧嘩《けんか》したんだろうね？」

逆に問われ、小梅は目を眇《すが》めた。これだけ飲んでおいて、どうやらなんの議題で集まったかを彼は忘れてしまったらしい。

けれど、収穫はあった。杉松の恋人誘拐《ゆうかい》事件は、逸瀬による杉松への怨恨《えんこん》が動機によるものだ。源は一つであったサークルが分裂した事件に、発端はあるのかもしれない。

すると、考え込んでいる小梅に猫柳がいった。

「ただ、僕が思うに杉松は、別に逸瀬君を嫌ってる感じはないにゃあ。今も昔も」

泥酔《でいすい》した猫柳を地下鉄の出入り口に押し込み、小梅は夜風に頬を撫でられながらトボトボと歩いた。そして、どこまで信用できるかわからない酔いどれ猫柳の話を考えてみる。

一方的に、逸瀬が杉松を嫌っている？

生理的に無理とかいうあの理不尽な感情かと納得しかけて、小梅はまた首を捻《ひね》った。

違う。

「だって、逸瀬さんと杉松は、最初は仲が良かったんだから」

男同士の関係で、ある日突然生理的嫌悪が生まれるなんてことがあるだろうか。杉松はたしかに個性的だが、それを忌避《きひ》する人間は最初から彼の半径三メートル圏内には入らない。杉松の個性は、詐欺《さぎ》性のあるものではない。外観にまでハッキリと滲《にじ》み出ている。

少し考え、小梅はふと気がついた。この事件には、もう一人一枚嚙んでいてもおかしくない登場人物がいた。逸瀬、岸本、理子とともに、『サークルリア充』の顔としてよくブログに登場していた——。

「東野愛菜さん、だっけ」

小梅は、サークル説明会があったあの日、理子と岸本が交わしていた彼女の綽名《あだな》らしきワードの入った会話を思い出した。東野愛菜のアルバイト先はすでに割れている。

ここまで来たら勢いだ。この事件の最後の登場人物がアルバイトをする店へ、小梅は向かった。


三省堂《さんせいどう》書店の裏手にある『サークルリア充』の説明会のあったあの地下の清潔なカフェに、ひと際目を引く若いウェイトレスがいた。

可愛《かわい》いは正義。

オタサーならぬリア充サークルの姫。

ミスコン優勝候補。

就職はマスコミ系。

彼女を見た瞬間、あらゆる賛辞が怒濤《どとう》のごとく小梅の頭をよぎった。

写真と実物では、段違いだった。落ち着いた茶色に染められたゆるふわカールを描く髪に柔らかな印象のメイクは個性の欠片もない量産型女子大生そのものだが、むしろ彼女がプロトタイプだったのかもしれないとさえ小梅は思った。それほど、男受けを極めたその姿は愛らしく洗練されていた。控えめなメイクも、本気を出せばもっと目立つように作れる美貌《びぼう》をさり気なく周囲に埋没するよう努めているかのように見えた。ふと見れば、ユニフォームらしき白いシャツを胸元で持ち上げる二つの膨《ふく》らみもみごとなものだった。

生温《ぬる》く酔っ払った頭で理子と岸本の会話を思い出してやってきてしまったが、自分がひどく場違いに思えてきた。まわれ右してさっさと帰ろうと思ったのだが、——遅かった。

ちょうど自動ドアが開き、店内に入ってきたその男と目が合う。

「……あ」

それは、『サークルリア充』部長、逸瀬だった。彼は小梅を一瞬訝《いぶか》しげな顔で見たあと、ハッとしたように目を見開いた。するとその直後、小梅の背後から声がかかった。

「ああ、いらっしゃいませ、逸瀬君。でもまだちょっと時間早いよ」

逸瀬の顔が強張《こわば》ったあと、無理やり笑みに変わる。

「お疲れさん、ガシノ。でもゴメン、俺、用事があるの忘れてた。ちょっと出てくるから、岸本たちと店行ってて。一人で外出るなよ、出なきゃいけなくなったら迎え行くから……」

「心配しすぎだよう、大丈夫、子供じゃないんだから。理子たちにはいっとくね」

明るい笑い声とともに、その返答が小梅の背中にかかる。二人の会話が終わるまで、小梅は固まったまま振り返ることができなかった。

逸瀬は、小梅を見てから店を出た。ちらりと後ろを見返し、東野愛菜をもう一度見てから小梅もあとに続いた。彼女はもうこちらを見ていなかった。

カフェから少し歩いたところにある錦華《きんか》公園まで歩くと、小梅は逸瀬とともにベンチに腰を下ろした。針のような空気を発する逸瀬が、口を開いた。

「で、なに？　月島さんだっけ、君が用があるのって俺なんでしょ。サークルの面接に来たりメンバーのバイト先にまで来たりして、なんなの？　ハッキリいって迷惑なんだけど」

「はい、すいません、面目次第もございません」どうやら沼井理子や岸本圭祐の口から、小梅の動きは全部ばれていたらしい。ひと通り謝ったあとで、小梅は逸瀬を見た。「正面からいったら、答えてくれないかなと思いまして。——それじゃ、単刀直入に聞かせていただきますけど。逸瀬さん、杉松の恋人をどこにやったんです？」

公園の中には、タバコを吸うサラリーマンが一人いるばかりだ。蚊《か》やアブの飛ぶ音が、急に大きくなった気がした。逸瀬は、迷惑そうに小梅を見た。

「なんで俺がそんなん知ってると思うわけ？　杉松のことなんか、もう興味もないんだ。だいたいあんなデカい模型、好き好んで欲しがる奴なんてそういるわけないだろ」

「でも、彼女をどうしたかくらいはどうしても教えてほしいんですよ、一応あたしは杉松と友達だし、杉松にとっても、これが人間社会に生還できるかどうかの瀬戸際な気がするんで」小梅は、自販機で買った烏龍茶《ウーロンちゃ》で口を潤《うるお》した。「杉松に興味のない人は、杉松の恋人と聞いてサグラダ・ファミリアの模型を思い浮かべませんよ、逸瀬さん」

そう指摘すると、逸瀬は黙った。やがて、逆切れしたような声でこう返してくる。

「はぁ？　たったそれだけで犯人扱いなわけ？」

「もちろんそれだけじゃありません。猫柳さんから聞きました。以前は一緒にサークルを作るくらい杉松と仲が良かったのに、急に疎遠になったんでしょう？　当時なにがあったんです。まだその時のことを引きずってるんじゃないかっていうのは、的外れな推測ですか」

「何年前のことを持ちだしてくるんだよ。ていうか、あんな万年留年猫野郎のいうことなんかよく信じられるね。俺としては、その感覚のほうが疑問だけど」

やっぱり、正面からいってもしらばっくれるではないか。

そう思ったが、たしかに陰でこそこそ嗅《か》ぎまわられて気分のいい人間はいない。

仕方なく、小梅は切り口を変えた。

「それじゃ、心当たりでもいいです。杉松が作ったあの模型、どこかで見かけませんでした？　逸瀬さんはあの時彼女のそばにいたんですから、姿を見ててもおかしくないですよね。彼女を連れ去ったのが、逸瀬さん自身じゃないとしても」

その瞬間、逸瀬が息を呑むのがわかった。逸瀬を見ると、白い外灯に照らされたその顔から表情が消えている。

「……見てない。俺は知らない」

「そうですか……。残念です」

小梅は肩を落とした。こちらにも証拠がないのだ。これ以上追及する手立てはない。

すると、自分の冷たい声に小梅が怯《おび》えたと思ったのか、逸瀬の口調が和らいだ。

「あのさ……、月島さん」声音を優しく変えて、諭《さと》すように逸瀬はいった。「これは君のためを思っていうんだけど。正直いって、月島さんは友情をはき違えてるように思うよ。本当の友情って、こういうことじゃないんじゃない？　こんなことしたって、杉松はもちろん、月島さんのためにもならないんじゃないかな」

声に続いて、逸瀬の表情も柔らかい笑顔に変わった。

「キツイことばっかりいっちゃってごめんね」

「いいえ、失礼なことをしたのはこっちですし」

逸瀬の目尻の垂れた瞳に気遣いが映って、その表情を読み取った瞬間、小梅との距離を彼が少し詰めたことに気がついた。

「けど、ちゃんとよく考えたほうがいいよ。杉松のこともだけど、まず自分のことをさ。月島さんって優しい子みたいだから、損だよ。それに、もしかして杉松に利用されてるんじゃないかって心配なんだ。月島さん、ちゃんと自分のことを大事にしないと駄目だよ」

まっすぐ小梅の目を見つめ、誠意溢れる声で逸瀬はいった。ベンチの端で、二人の手の先と膝の頭が触れている。

（……あれ、距離近い？　なんだこれ、急に）

突然空気が変わったから察するのに時間がかかってしまったが、ようやく小梅も気がついた。どうやら逸瀬は、小梅を懐柔する方向へシフトチェンジしたようだ。

それだけチョロイと思われているということか。けれど、腹は立たなかった。小梅も自身のチョロさにかけては自信がある。なんといっても少し前に実証済みだ。

それにしても、よくやる手なのだろうか、ずいぶん慣れている。逸瀬は女という存在に関してなかなか鋭い嗅覚《きゅうかく》の持ち主のようだ。

立場が下の女に落ち度を指摘し過度に厳しく当たったあと、さり気なく優しく接する。相手が追い詰められていればいるほど、あるいは孤立していればいるほど、このギャップは強く効く。アルバイトしている居酒屋ではよく見かける見え見えの手だけれど、サークルの閉じられた世界でも結構有効なのかもしれない。

小梅だって、『サークルリア充』に入っていれば、この逸瀬の人心掌握術《しょうあくじゅつ》にコロッと騙《だま》されていたかもしれない。ただし、今回の場合、小梅は追い詰められていない上に、逸瀬に嫌われてもなんのデメリットもないので、まるで効果はなかった。

さてどう躱《かわ》そうかと小梅が思案するうちに、ふいに声がかかった。

「逸瀬じゃん。こんなとこにいたんかよ」

そこには、逸瀬軍団——岸本圭祐、沼井理子、東野愛菜が立っていた。


彼らの姿を見て、小梅はちょっと意外だと思った。最初の印象と違う。

色黒の岸本圭祐の服装は、デニムのジャケットにカーキのカーゴパンツだった。白いTシャツに太めのストライプの入ったガウチョパンツを合わせたモノクロのコーディネイトは、沼井理子だ。それから、東野愛菜は深いVネックでタイトなデザインのボーダートップスと、ふんわりとしたミニのフレアキュロット。グレーのシャツに細身の黒いパンツを合わせたシンプルなスタイルの逸瀬も含めて、四人の雰囲気は似通っているし、流行を意識した小綺麗な感じには違いないのだが——。

「あれ、おまえら店行ったんじゃなかったの」音もなく小梅から距離を取って、逸瀬が立ち上がった。「ほら、この人、サークルの入会希望者。月島さんだよ」

主に東野愛菜になされた説明に、「あ、うん」と彼女も頷いた。それから彼女は、手にした成分無調整豆乳の紙パックをストローでひと口飲み、小首を傾げて小梅を見つめた。

「でも、たしかサークルには入るのやめたんじゃなかった？　ねえ、理子」

沼井理子は、薄笑いを浮かべたまま固まっている。代わりに逸瀬がこういった。

「ああ、やめるって。だよね？　月島さん。そういうわけで、そろそろ解散でいいかな」

逸瀬の目にも止まらぬ変わり身の速さに驚きつつ、小梅は一応頷いた。「はい、まあ」

岸本たちはそのまま去ろうとしたが、一人、愛菜だけはまだ小梅を見ていた。

「でも、月島さん一人で帰るの？　危なくない？　わたし、送ってくよ。ね、月島さん」

「ガシノだけじゃ逆に危ないでしょ」岸本が明るく笑って、愛菜の頭をぽんと撫でた。

「俺もついてくよ。逸瀬らはどうする？」

「いやいや。ほんと、心配しすぎだって」愛菜がすっと岸本から離れて小梅に寄って、ちょいちょいと手招きする。「ね、月島さん、遠慮しないで」

「いや、でも……」

他のメンバーの笑っていない目が怖い。けれど首を振る前に、愛菜が小梅の脇に立った。

「理子に聞いたんだけど、たしか、わたしとおんなじ学科なんだったよね。山中《やまなか》センセイの講義取ってない？　木曜三限の。わたし、月島さんと会ったことある気がする。今度会ったら声かけていい？」

気さくに笑いかけてくる愛菜に、小梅は曖昧に頷いた。完全アウェイの小梅を気遣ってくれているのだろうが、駅はそう離れていない。送るというほどの距離でもない。

そのうちに残りのメンバーによる目と目での会話がなされ、やがて総意は決まった。

「とりあえず駅まで行くか。店もそっちのほうが多いし」

五人の大学生は、歴史を感じるネオン輝く夜の靖国《やすくに》通りを、ダラダラと駅へと歩き始めた。三々五々歩いているうちに、いつの間にか逸瀬が小梅担当になっていた。さり気なく岸本たち三人に距離を取り、逸瀬は低い声で小梅に話した。

「――杉松のことだけど。たしかに俺は杉松と仲良かったよ、大学入ってからしばらくはね。アイツ変わってるけど、悪い奴じゃないでしょ。でも、サークルにガシノが入ってきてからおかしくなってさ。ガシノに一目惚《ぼ》れして、全然相手にされてないのにつきまとって、ほんと見苦しかった。いくら注意しても聞かないし、どうしようもなくてサークルから追いだしたんだよ。ガシノに振られてからじゃないかなあ、あの模型に入れ込むようになったのも。もう現実の女と恋愛できない身体《からだ》になっちゃったみたい。そういうとこもマジで無理だし関わりたくないんだ。昔は仲良かったし、可哀相《かわいそう》だとは思うけどさ……」

その時、地下鉄神保町駅の出入り口が見えた。

6

小梅が天明屋を院生室に呼び出して首尾を報告することにしたのは、その翌日のことだった。天明屋に、小梅はいった。

「逸瀬さんの話は本当だということです。猫柳さんに確認したら、思い出してくれました。杉松が東野愛菜さんにつきまとってるって、当時は学内でもかなり噂になってたらしくて」

小梅は肩をすくめた。「『カレーメン』の先輩にも何人か訊いてみたんですけど、ノーコメント続出で。自分より先輩のことだし、敢《あ》えて深く知ろうとはしなかったんですって」

誰でも一度くらいは恋にまつわる黒歴史を青春に刻むものだ。特に『カレーメン』は杉松の派手な失恋を他人事とは思えない面々揃いなのもあって、みんな同情的であった。

「それはどうかな」天明屋は、足を組み替えていった。「少なくとも君は本当だとは思っていないから、不名誉な過去についてそれだけ聞きまわって裏取りしたんだろ?」

「ええ、まあ。もし逸瀬さんの話が本当だとするなら、杉松は当時、模型作りに夢中なふりをしつつ、大学の講義をこなして設計課題をやって、それから『カレーメン』の活動にも顔を出して、その裏で東野さんにつきまとってたってことになりますね。……やっぱり無理があります。杉松は変人だけど、超人じゃありませんよ」肩をすくめ、小梅は結論を口にした。「杉松の性格を知らなければ、東野さんに一方的に恋して玉砕っていうシチュエーションは自然に思えるかもしれませんけど。でもやっぱり、違和感しかないです、その噂」

「となると、噂は単なる誤解か、さもなくば逸瀬君の煽動《せんどう》による捏造《ねつぞう》かな。そもそも失恋して模型作りにのめり込むというのも、順序が逆だ」そういって、天明屋は眉をあげた。「彼はかの恋人を心から愛しつつも、将来には危機感を覚えていた。あれで意外と結婚願望はあるらしいからね。いつか現実の女性と結婚するために、コミュニケーション能力向上のリハビリ行為にまで手を染めていたんだ。人の好《い》いサークルの後輩を利用してまで」

天明屋は、懐から例の脅迫状を取り出して続けた。

「ま、その歪められた噂の中に動機の真実があると見て間違いないだろう。この脅迫状の奇妙な文面も、そこに絡めて考えてみると少しずつ正体がわかってくる」そういったあとで、天明屋は小梅を見た。「確証が持てるまで黙っていようと思ってたんだけど、せっかくだから、君にいいことを教えてあげよう。君が杉松君から貰った、彼女の図面についてだ」

「いいこと、ですか?」

よくわからないまま、小梅は丸めて持ってきていた杉松の彼女のスリーサイズ表——もとい、設計図を取り出した。設計図を見つめている小梅に、天明屋がこういった。

「断言してもいいが、その設計図は杉松君に要らないからあげるといわれたんじゃないかい。それがどういう意味か、もう一度考えてみるといい。設計図と実際の彼女の姿をよく思い出して比べてみてね……そうすると、まだ望みが完全に断たれたわけじゃないことがわかる。彼女が窓から攫われたのはたしかなのに、ゴミの一つも落ちていなかった理由はいくつか考えられるが、君が好みそうなものもあるんだよ」

「……?」

小梅は、頭を捻った。けれど、天明屋のいわんとしていることがなんなのか、取っ掛かりさえも摑《つか》めなかった。考え込んでいる小梅に、さらに天明屋がこういった。

「まだ建築を学び出して日の浅い君には難しいかな。じゃ、一つ大きなヒントをあげよう。これでたぶん、わかると思うよ。杉松君が君に渡した設計図が、要らなくなった理由がね。——そこの円卓に乗ってみて、月島さん」

「えっ?」ふいに天明屋が小梅に指示したのは、あの時杉松の彼女が乗っていた円卓の上だった。「この上にですか」

「そう。君の背は、日本人女性の平均身長とおなじくらいかな」

「一五八センチちょうどです」

「じゃ、そこの円卓に乗ったら天井に手が届くか、試してみるといい」

「はぁ……」よくわからないまま靴を脱いで円卓の上に乗り、天井に手を伸ばしてみる。

「どんな感じだい」

「ええ。なんとか天井に届きそうです」

ようやくそこで小梅はハッと気がついた。

急いで円卓を降りて、彼女の設計図を見る。確認するのは図面だけではなく、数字もだ。それは、以前にこの図面を確認した時とおなじだった――1／60スケール。あの時は、この図面を窓に当てて、窓から無事に出るか確認したのだ。

小梅は、本物のサグラダ・ファミリア教会の全長から、机の上に出しっ放しの計算機をカタカタと叩いて彼女の実寸を弾きだしてみることにした。

「早いね。さすがは経済学部生だ」

「建築学科に移っても、計算機を速く叩く特技は役に立つって杉松にいわれました。……ようやくわかりましたよ、先生のいっていたいいことというのが」小梅は、顔をあげた。

「――杉松の彼女は、壊さなくてもこの部屋の窓を通るんですね？　天明屋先生」

「そう」にこりと笑って、天明屋は続けた。「もちろん彼らは壊したってよかったんだろうから、無事かどうかは五分だ」

「無事なほうに賭《か》けたいです、あたし」

小梅を見つめ返し、天明屋はニヤリと笑った。

「じゃ、彼らにちょっとした罠を仕掛けてみるとしようか。我らが杉松君は彼らにやりたい放題やられているからね。少しくらいやり返さないと、割に合わない」

「……先生、やけに楽しそうじゃありません？」

「そう？」わざとらしく首を傾げたあと、天明屋は神妙な顔になった。「今回の場合、自供が取れない限り彼女の行方はわからないから仕方ないよ。とっても残念だけれど」

その通りだ。だから小梅も、あまり素敵ではない秘められたサークルの過去に腕を突っ込んで掘り返すような真似をしているのだ。

すると、小梅が同意だと見たのか、天明屋の目がいつになく悪戯《いたずら》っぽく光った。

「彼らの弱点を突こう、月島さん。人生勝ち組を気取っている彼らが一番恐れるのはなにか――それはキャリアに傷がつくことだよ。さあお出でませ、転落人生」

逸瀬がイライラともうなくなったアイスコーヒーをストローで啜《すす》っていると、部室の扉が開いた。息を切らして入ってきたのは、東野愛菜の一番の友達——沼井理子だった。

「ねえ、建築学科の噂聞いた⁉　まずいよ、逸瀬」

「声デカいよ、理子」そう注意したのは、岸本だ。「サークルの他の奴がいたらどうすんの」

「あ……、ごめん、岸本。つい焦っちゃって」

「ガシノには今日は来るなっていっといた。俺らは全員用事あるってことで」

逸瀬が口裏を合わせるように指示すると、理子が唇を尖らせた。「あの子のためにも、もういい加減ガシノにもちゃんといったほうがいいんじゃないの。ウチらは、あの子を守るために頑張ってるのに」

「理子は責任感強いなあ。イイ子イイ子」岸本が、なだめるように理子の頭を撫でる。

「でもさ、ガシノが知ったら気にしてまたサークル辞めるとかいいだしちゃうかもしれないだろ？　アイツ、おまえと違ってしょーもないことでウジウジするし、メンタル弱いじゃん」

「うん。それはそうだけど……」

なんとか理子は納得したようだ。岸本が駄目なら自ら説得するつもりだったが、とりあえず逸瀬は安堵《あんど》した。けれど、まだ不安そうな顔で理子は続けた。

「でも、建築学科の講師が、あのサグラダ・ファミリアの模型に自分の時計引っかけたまま忘れてたっていうんだよ？　どうするの。百万近くするらしいよ、そのウブロの時計」

そんなことは、逸瀬もネットで調査済みだ。たしかに天明屋はウブロにしてはシンプルなデザインの腕時計を巻いていた覚えがあるし、今日確認したら腕にはなにもなかった。

けれど、腑に落ちない。どうして天明屋は今頃そんなことを言い出したのか。

「なあ、そんなんあったっけ。おまえら覚えてる？」

「いや、全然。どうも胡散《うさん》くさいよな」岸本も怪訝《けげん》な顔つきで首を振る。「そんな高い時計失くしたんなら、もっと早くに騒ぐっしょ」

「でも、その講師の先生は警察に通報するって……。警察の人が来たら、さすがにわかっちゃうよ」理子の唇が、色を失っている。「どうしよう。困るよ、こんなの。逸瀬が杉松は絶対騒がないっていうから協力したんだよ？」

「騒いでないだろ、杉松は」

「他人事みたいにいわないでよ！　ウチはこれから就活も控えてるんだよ？　友達を助けようと思っただけなのに……。ひどいよ、こんなことになるなんて」

『怪盗みたいだ』と学生時代の秘密の思い出作りのような顔で参加していたくせに、よくいう。そう思っていると、岸本がこう口を挟んだ。

「俺だって、この件が表に出たら内定取り消されるよ。ヤバいのはみんな一緒だから、テンパるなって」

岸本が、半泣きになっている理子を抱きしめている。理子の嗚咽《おえつ》を聞いているとますます苛立《いらだ》って、逸瀬はアイスコーヒーの入っていた空のカップをゴミ箱に放った。惜しいところで外れてゴミ箱が倒れ、紙屑《かみくず》が溢れる。逸瀬が舌打ちすると、理子が涙声でいった。

「て……、天明屋先生は、今からでも時計を返してくれれば警察にはいわないし不問にするって。だから、大学の本部に通す前に学生たちに話が流れてるみたい。どうする?」

逸瀬に二人の視線が集まる。肩をすくめ、逸瀬はいった。

「返すったって、モノがないんじゃしょうがないだろ。バックれる以外ないよ。それに、証拠はなにもないんだ。今さらプロの捜査が入ったってなにもわかりゃしないって」

「そうかな……」

腕から理子を離して、岸本も頷く。「そうだよ。俺たちは、友達のために頑張ったんだ。なにも悪いことはしてないんだから。な?」

すると、少し安堵したように理子は表情を緩ませた。岸本は、持ち前の明るさでいった。

「とにかく、警察に通報するったって、それで警察官が何人来るかもわかりゃしないんだ。あれから時間だって経ってるし、警察にもどうしようもないでしょ。こういう時は、騒いだほうが負けなんだ。常勤講師のいうことなんか放っとこうぜ」

7

「――さて、それじゃさっそく話を聞こうか。岸本君」

額に手を当てている小梅をよそに、神妙な顔をして天明屋の事務所の応接室に座った岸本圭祐が、すっと口を開いた。

「逸瀬君にいわれて、杉松君の大事にしてるあの模型を盗もうって話になったんです。乱暴なことはしたくなかったんですけど、ガシノ……東野さんがまた杉松君につきまとわれてるって聞いちゃったら、黙ってられなくて。サグラダ・ファミリアの模型が消えれば杉松君にショックを与えられるし、俺たちが本気で怒ってるぞっていうのも伝わるって思って」

「ふむ。じゃ、主犯はやはり逸瀬君だったのかな?」

「はい」即座に頷いてから、岸本は続けた。「でも、逸瀬もただガシノを守りたかっただけなんです。方法は間違えてしまったけど、友達のピンチを黙ってみていられなかった気持ちは俺もよくわかるし」

　まるで、反省文のテンプレートみたいだ。天明屋が、目を逸《そ》らしている小梅をニヤニヤと見た。

「この事件は、逸瀬君ありきの計画だ。当然主犯は彼だと思ったよ。君らは、完全に杉松君の行動の読める、彼女を攫い出すための条件の揃う日を待ってたんだね？　だけどあの日、予想外のことが起こった。この月島さんが、院生室に携帯電話を忘れて、取りに戻ってきてしまったんだ」

　そうだ。あの日小梅が院生室に戻ったのは、まったくの偶然だった。

　逸瀬は、杉松に窓の鍵を調べさせ、ドアの鍵をしめているところを小梅にも見せてから、院生室の鍵を加古川教授に返しに行った。その後院生室にいる岸本らが動いて彼女が消えたとしたら、——責任を問われるのは、逸瀬ではなく杉松になる。院生室のドアの鍵はたしかにかかっており、代わりに窓の鍵は開いている状態になっているのだ。杉松の大事にしている彼女が消えたのも、杉松本人の管理ミスだということになるわけだ。

　小梅は、岸本を見ていった。

「あの時逸瀬さんが時計を確認したりあとの予定をいったりしたのは、アリバイ工作のつもりだったんですね。逸瀬さん本人には、犯行は不可能だってアピールするために」

あとになって誰かが逸瀬にも犯行が可能だったと気づいたとしても証拠はない。彼らは安全圏のはずだった——それこそ、警察でも出てこない限り。

杉松の恋人『瞬間』消失事件のトリックは、ただの偶然の産物だったのだ。

すると、岸本が俯《うつむ》いて頷いた。「逸瀬を止められなかったこと……、後悔してます」

「友達なら当然だ」そういって、天明屋が訊いた。「ところで、サグラダ・ファミリアの巨大模型だけど。そのあと、人目につかないように処理をしたのは君？」

「とりあえず連休中は僕らの部室に隠すことにしたんですけど、いつの間にかなくなってたから、逸瀬君が処分したんだと思います。でも、誓っていいますけど、俺も逸瀬も、天明屋先生の時計を盗《と》ったりはしてません」岸本は、まっすぐに天明屋を見た。「もし見つけてたら、絶対すぐに返してますよ。だから、盗ったとしたら、別の奴に違いありません」

「ふむ」顎《あご》に手を当て、天明屋は少し思案した。「わかった。じゃ、そろそろ出てもらっていいかな。僕らは、次の約束があるんだ」

戸惑い顔で「え？」といっている岸本を事務所から追いだすと、天明屋はさっさと小梅を引きつれて部屋を出た。

「さあ行くよ、月島さん」

「……はい」

気乗りしないまま、小梅は天明屋のあとを追った。


いまだ梅雨《つゆ》の訪れない都心の六月初旬は、真夏のように暑かった。自然、天明屋も小梅も進む足が速まる。

天明屋について神保町駅を通りすぎ、そのまま少し歩くと、ビルの地下にカフェがあることを示す看板が出ていた。美味《おい》しい紅茶を飲ませることで密《ひそ》かに有名なそのカフェの一席に、すでに天明屋たちを待つ者がいた。

「月島さん、それに、天明屋先生。急に呼び出してしまってごめんなさい」

悲しそうな表情でそういったのは、東野愛菜だった。彼女に案内されて、小梅たちは席についた。オーダーを終えると、愛菜は再び深々と頭を下げた。

「理子から聞きました。本当にごめんなさい。わたしのせいでこんなことになってしまって……」愛菜は、目に浮かんだ涙を手で押さえた。「理子たちは、わたしを守るために杉松さんの大事にしてる宝物を隠そうと思ったらしいんです。わたし、本当にビックリして」

そういって、愛菜は声を途切れさせた。俯いて唇を噛む表情が悲しげで痛々しい。愛菜は、俯いたまま、ようやく言葉を続けた。

「わたしが、杉松さんのことをちゃんと理子たちに相談してなかったから……。だから深刻だって誤解しちゃったのかも」

「自分の知らないところで犯罪を犯されてたら、誰だって驚くさ」

やけに優しい声で、天明屋がそういう。テーブルに置かれた愛菜の手に天明屋の手が伸びかけて、小梅は脇腹でも抓《つね》ってやろうかと思った。けれど、その前に愛菜が手を引き、両手で目元を覆った。

「やっぱり犯罪ですよね、これって。天明屋先生、お願いします。警察には通報しないでください。このことは全部わたしのせいなんですから。腕時計のお金はわたしが弁償《べんしょう》します」

「親御さんにお願いするんですか。でも、あの時計、結構な額ですよ」

思わず小梅が口を挟むと、愛菜は弱々しく微笑んだ。

「心配してくれてありがとう、月島さん。でもしょうがないよ。バイト代も少しは貯めてあるし、足りない分はお父さんとお母さんに事情を話してお願いしようと思う。それに、サークルも辞めるつもり」

少なくない額のお金とサークルの友人たちを失う覚悟を語り、愛菜は肩を落とした。そんな彼女に、天明屋が訊く。

「岸本君に訊いたんだけど、杉松君の恋人はとりあえず君らの部室に隠したみたいなんだ。東野さんは見なかった?」

「さあ……」思案するような顔をしてから、愛菜は首を振った。「大きなものだったみたいだから、目にしてればすぐわかったと思うんですけど。気がついてれば、すぐに彼に返すように理子たちにいってました」

「そうだよね。僕が君でもそうするよ」

優しい声でそういうと、天明屋は運ばれてきたアイスティーに口をつけた。


愛菜と別れてまた神保町の街を歩き、大学構内に入ると、うだるような熱気が瞬時に心地よい冷風へと変わった。生温い汗が引いていくのを感じながら、小梅はちゅるちゅると無調整豆乳をストローで吸った。

今日の猛暑ぶりに、気を遣った愛菜が『暑いですから』と飲み物を渡してくれたのだ。それが、今天明屋と並んで吸っている、この無調整豆乳である。

講師室に入ると、そこには眉間《みけん》に皺《しわ》を寄せた沼井理子が待ち構えていた。

「天明屋先生！　どうでしたか」

「うん。沼井さんが協力してくれたおかげで、みんな快《こころよ》く当時の事情を話してくれたよ。ありがとう」

「よかった……」ほっとしたように、緊張していた理子の頬が緩む。「じゃあ、あの、警察にいわないっていう約束も守ってもらえますよね」

小梅は、天明屋の腕時計が紛失した噂を流した直後に彼女がこの講師室へ真っ先に乗り込んできた時のことを思い出した。自供と引き換えに警察に訴えるのだけはやめてほしいといってきた彼女を唆《そそのか》し、天明屋は岸本たちを動揺させるよう指示したのだ。天明屋が目《もく》論《ろ》んだ通り、逸瀬軍団の牙城は脆《もろ》くも崩れた。

「東野さんはサークルを辞めるってさ」

「やっぱりですか。でも、しょうがないですよね。ガシノは知らなかったけど、きっかけはあの子を守ることだったんだから……それで、逸瀬から話は聞いたんですか？」

「まだ、これから」天明屋は首を振り、続けた。「ところで、沼井さんにもう一つ訊きたいことがあるんだけど、いいかな。君は、あの模型をどこかに移動してはいないんだよね？」

頷いた理子に、天明屋は続けた。

「サグラダ・ファミリアの模型を盗んだ日、君らはサークルの他の仲間と共に旅行に出かけたんだったね。その時のメンバーを教えてくれるかい」

「え……？　は、はい」

戸惑いながらも、理子は素直にメンバーの名前を挙げていった。サイトに載っていたサークルメンバーのほとんどの名前が挙がった。――ある一人を除いて。

話が終わると、天明屋は理子を置いて講師室をあとにした。

天明屋の背を追いながら、小梅はストローを吸った。無調整豆乳は、その謳《うた》い文句通り、潔《いさぎよ》いほど豆腐そのものの味がした。


黒幕登場――とばかりに、逸瀬は院生室で天明屋と小梅を待ち受けていた。不貞腐《ふてくさ》れた顔で笑顔の天明屋を睨《にら》んでいる。

「君のお友達はもうみんなギブアップしたよ。どうする？　今自供してくれれば、君のサークルの内紛だけで事は終わると思うけど」

しばらく沈黙していたが、やがて観念したように逸瀬が舌打ちをした。

「アイツら本当にバカだな……」忌々《いまいま》しげに呟き、逸瀬は窓へ目を逸らした。「どうせ、腕時計の紛失は嘘なんでしょ。俺たちを引っかきまわして、裏切り者を出させるための」

「あれ、ばれてた？」

あの日天明屋がいった通り、この引っ掛けのおかげで彼らの中からは裏切り続出だ。苦笑した天明屋に、逸瀬は鼻を鳴らした。

「変だと思わないほうがおかしいんだ。そんな高いもんがなくなったんなら盗難騒ぎでしょ。こんな不祥事《ふしょうじ》がばれたら大騒ぎですよ。大学がすぐに動かないなんてわけないんだ」

「冷静だなあ、君は賢いね。だけど利己的だ。目的のためには、手段を選ばない」

「……」

「ま、値のつかないものを君らが奪っていったんだとしても、盗難には変わりないけどね。そういえば、東野さんが泣いてたよ。自分のせいだって、思い詰めてるみたいだった」

愛菜の名が出た途端、逸瀬の顔が曇る。逸瀬の横顔を見つめ、その視線の先にある院生室の窓の大きさを小梅は改めて確認した。

「……杉松の彼女は、壊さなくてもあの窓を出たんですね」小梅は、杉松から貰った模型設計図を取り出した。「この設計図が要らなくなったのは、杉松が図面の縮尺を変えたからだったんですよね。先生」

「そういうことだ」天明屋は頷き、小梅に変わった形をした定規を差しだした。「この三《さん》スケを使って杉松君の恋人の身長を確認してみるといい」

　三角スケール略して三スケとは、縮尺ごとに目盛りがついている、設計図から実際の建築物の大きさを割りだすことができる特殊な定規だ。不要になったこの図面では、現在の彼女の身長は約一・九メートルだった。小梅より三〇センチメートルも背の高い彼女があの円卓に乗ったら、きっとその天辺《てっぺん》は天井に届いていた。そして、誘拐された日に小梅が見た彼女は、天井までまだかなりゆとりがあった。小梅がこの円卓に乗った時と、おなじくらいには。

　おそらく杉松は、彼女をなるべく大きく作ろうと試行錯誤《さくご》していたのだと思う。しかし、1／50の縮尺ではとても保管するスペースが確保できないと考え、設計図を作成するCAD《キャド》ソフトで1／60の縮尺に変えたのだ。縮尺の数字を変えたが、図面自体を1／50のまま印刷してしまったために、この設計図は不要になったのだ。

　円卓に実際に乗ってみるまでわからなかったが、小梅が自分の目で見た限り、おそらく彼女の身長は小梅とほぼおなじ、約一・六メートルだった。

「月島さんにわからなかったのも無理はない。優れた建築家なら誰でもスケール感覚が肌に身に着いてるものだけど、慣れてなかったら縮尺と図面が合ってないなんてすぐにはわからないからね」肩をすくめ、天明屋は逸瀬を見た。「それじゃ、逸瀬君。どうして君がこんなことをしようと思ったのか、話してくれるかい」

天明屋に促されて観念したのか、逸瀬は目を逸らしたままいった。

「……少し前に、ガシノがいきなりサークルを辞めるって言いだしたんです。でも、こういうことは初めてじゃなかった。杉松がサークルを出てった時も、アイツは責任を感じて辞めるっていったんです」逸瀬は、腹立たしげに眉根を寄せた。「あの時も杉松はガシノにつきまとって大変だったんだ。あんまりにも目に余って一度話をしたんですけど、杉松の奴、『なにを怒られてるのか意味がわからない』ってしらばっくれるばかりで埒《らち》が明かなくて」

「だから、杉松君をサークルから孤立させて追いだしたの？」

逸瀬は、不承不承に頷いた。

「ガシノを守るためです。アイツ、優しいから迷惑でも強くいえないし」

「好きだったんだね。君は、東野さんのことを」

「でも、ガシノにはもう振られてます。俺も、それから岸本も。もう諦めて友達でいようって決めてたつもりだったんですけど、またガシノがサークルを辞めるってなって、問い詰めたらやっぱりどうしても杉松のことが気になるからっていうんです。最近、時々杉松がガシノと話してるのも見かけたし、またつきまといが始まったんだと思って、俺——」

一瞬言葉を詰まらせ、逸瀬はこういった。「杉松に変な手紙が届いてることを『カレーメン』の奴から聞いて、今回のことを思いついたんです。杉松が大事にしてる恋人を攫い出して、彼女を返してほしかったらガシノから手を引けっていうつもりで。冗談じゃなくて、杉松があの模型の子に惚れこんでたのはわかってたから」

「それじゃ……、逸瀬さんは最初から杉松の彼女を壊す気はなかったんですね？」

逸瀬の告白を、小梅は意外な気持ちで聞いていた。顔をあげた逸瀬に小梅は尋ねた。

「単純な金と労力だけでも相当大変なのは知ってたし、壊す気なんて最初からなかったよ」

逸瀬の言葉を信じるなら、東野愛菜を挟んで関係は崩れてしまったものの、彼はまだどこかで杉松に友情を感じているのかもしれない。逸瀬に、小梅は頼んだ。

「なら、逸瀬さん、お願いします。杉松の彼女が今どこにいるのかもし知ってたら、教えてもらえませんか？」

「いや、俺も知らないんだ。サークルの旅行から帰ってすぐに部室に行って移動させようと思ったんだけど……、彼女はもういなかった」

天明屋と小梅は目を見合わせて頷き合った。つまりは、まだ誰か嘘をついている人間がいるということだ。そして――、すでにその人物の見当はついている。

「わかった。ご協力ありがとう、逸瀬君」

そういって院生室を出ようとした天明屋に、逸瀬が尋ねた。

「……あの、天明屋先生。どうして犯人が俺だと思ったんですか？　証拠はなにもないし、俺は一応こういうことをしなさそうな学生で通ってたつもりなんですけど」

するど、天明屋は振り返り、肩をすくめた。

「大事なのは人柄じゃなくて状況だよ。君に可能だったから、君だと思っただけだ」それから、天明屋はこうつけ加えた。「それにね、経験則でわかるんだ。この大学の建築学科教授の加古川さんは、基本的に人を見る目がない。彼のお気に入りなら、それはすなわち要注意人物だということになる」

自分も加古川教授のお気に入りなのを忘れているのかいないのか、天明屋はこともなげにそういって院生室を出た。


逸瀬と別れて院生室を出ると、天明屋が懐から脅迫状を取り出した。

「その脅迫状、逸瀬さんたちが出したわけじゃなかったんですね」

「うん。最初からこの脅迫状と杉松君の恋人が消えた事件はおなじ犯人の手のものには思えなかったよ。おかげで、杉松君を悲しませたもう一人の犯人と、そしてその動機がわかる」天明屋は、手の中の脅迫状を眺めた。「まあここに、最初からしっかり署名が書いてあったんだけどね。――掌に目のマーク、これは聖母マリアの印だ。脅迫状の差出人は女性、ミス・マリアの名に相応《ふさわ》しいあの子だよ」

8

天明屋の講師室に戻ると、小梅は彼女を呼び出して待った。天明屋はいない。「女の子を追い詰めるのは趣味じゃない」なんていって、最後の大仕事を小梅一人に押しつけたのだ。

現れた彼女を見て、小梅は頭を下げて講師室に迎え入れた。

「さっき会ったばかりなのに、呼び出してしまってごめんなさい」

「ううん、大丈夫。家に帰る気になれなくて、まだ神保町にいたから」

そういって、彼女は――東野愛菜は首を振った。図らずも『マリア』に座った彼女に、小梅は脅迫状を差し出した。

「……これ、見覚えありますよね。杉松が受け取った差出人不明の手紙です」そこで言葉を切って、小梅は愛菜の顔を見つめた。「これを杉松に出したのは、愛菜さん、あなたですよね？」

愛菜は、紙面に目を落としたまましばらく黙っていた。けれど、やがて顔をあげ、少しばかり怪訝そうに眉間を寄せた。

「どうしてそう思うのかな？　誓っていうけど、わたし、逸瀬君たちが杉松君の恋人を連れ出した件には関わってないよ」

優しい顔で首を振る。けれど、愛菜の瞳は明らかに小梅を警戒していた。

「だと思います。この脅迫状の差出人と誘拐の実行犯は別人で、なんの連携も取っていなかったんでしょうから」そういって、小梅はもう一度手紙を見た。「ずっと不思議に思ってたんです。どうして彼女を誘拐すると脅迫するのに、こんな芝居がかったまわりくどい文章使ったんだろうって。文面は、『彼女は神の物、神の物は神に返しなさい』となってます。本当に杉松の恋人がいなくならなければ……、誰もこれが彼女を攫う予告状だったなんて、思わないですよね」

これは、天明屋の推理だ。小梅は続けた。

「彼女が消えたことと切り離してこの文章を読めば、こういう風に読み取れませんか？『彼女から、さっさと足を洗え』って。まあつまりは、物もいわない無機物の彼女とは縁を切れってことですかね」そして、現実を見ろと。杉松を真人間に戻すための、至極真っ当なアドバイスだ。「しかもメッセージの送り主の署名は、聖母マリアを示すマークになってます。サグラダ・ファミリアに傾倒してる杉松には、これ以上ない助言者ですよ」

本当に、感心する。それはもう、呆《あき》れるくらいに。

小梅は、下唇を噛んでいる愛菜を見つめた。

「『彼女』っていう呼び方もそうです。あのサグラダ・ファミリアの巨大模型の性別まで知ってる人なんて、杉松に深く興味を持ってる人間に限られます。そして、この文章はカトリックの採用してる福音書の一節をアレンジしたものです。この『彼女』が、石の聖書と呼ばれ、ローマ法王庁から正式にバシリカにまで認定されたサグラダ・ファミリア教会を指すとすれば、とても相応しい文章と思います。この方は、杉松の趣味をよく調べてますね」小梅は、口をつぐんでいる愛菜の愛らしい顔を見つめた。「この手紙の差出人は、よっぽど好きなんだと思います。杉松のことが」

「……」

「でも、あたしはこの人を疑ってません。こんなに杉松を好きな人が、杉松の大事にしてるものを自分の手で強引に奪い取ろうなんて思いませんよ。彼女は誘拐事件を計画した人間じゃありません」

杉松がよくいっていた。

アントニオ・ガウディが聖家族の中でもっとも愛したのは、実は聖母マリアだと。おなじく自ら設計したグエル公園にもガウディは天から地上を見つめる聖母マリアへメッセージを残しているし、サグラダ・ファミリア教会の曲線的な構造は、建築技法的に理に適《かな》ったものでありながら、同時にとても女性的な外観を造り上げている。小梅が彼女を『女に見える』と感じたのは、造り手たる杉松の情念が原因ばかりではなかったのかもしれない。

だが、だからといって彼女を『女』と認識して本気で恋をするともなれば、やっぱりぶっ飛んでいる。

「愛菜さん。お願いします。本当のことを話してもらえませんか？　……杉松のためにも」

本当に好きな人の名前を出され、彼女は観念した——逸瀬とおなじように。愛菜は、小梅から視線を外して俯くと、ぽつぽつと話し始めた。

「あなたのいう通りだよ、その手紙を書いたのはわたし。杉松君に……、ちゃんと現実の女の子もそばにいるんだよって、知ってほしかったから」愛菜は、唇を窄めていった。

「わたし、ずっと杉松君のことが好きだったの。一年生の時、初めてサークルで会った日から」

「……やっぱり間違いないんですね？」

「うん。初恋。わたし、女子高出身で、初めてサークルの新歓行って話した男の人が杉松君だったんだ」

予想していたことだが――、彼女の口から聞いても信じがたい。小梅は、こんな状況でありながら、心の中でぎゃふんと呟いた。

「どうしてもっと直接的な方法で杉松にアプローチしなかったんですか？　告白したりとかデートに誘ったりとか、もっと方法はあったと思うんですけど」

「アプローチ……、してるつもりなんだけどな。少しでも、杉松君の理想に近づいて」

寂しそうに、愛菜が儚《はかな》げな笑みを浮かべた。小梅はきょとんとして訊き返した。

「杉松の理想、ですか？」

つい、サグラダ・ファミリアを模した人間大の彼女を思い起こす。すると、なんとしたことか、愛菜も頷いた。

「こういう、曲線っぽいのとか、聖母マリアの母性っぽいのとか、杉松君、好きかなって」

そういうと、彼女は自分の髪のカールやスカートのまるいラインを示した。小梅は、またも内心でぎゃふんと唸《うな》った。

（この可愛い雰囲気、男受けじゃなくてサグラダ・ファミリアを意識してたんだ……）

よく見れば、今日は塔モチーフのピアスが耳元で揺れていた。

さらに訊くと、あの時くれた無調整豆乳も、女性ホルモンに似た成分のイソフラボンを経口摂取して胸を大きくするために箱買いしているらしい。曰く、男は巨乳に母性を感じるからとのことで――、なんというか、彼女は涙ぐましいほどの努力家だった。

ちょっと違和感は持っていたのだ。控えめな髪色やメイクを見る限り、彼女のファッションは人目を引きすぎないように引き算で構成されている。彼女なら、豊かなバストをもっと隠すようなデザインの服を選びそうなものなのに、いつも胸元だけは強調するようなタイトなトップスを身に着けていた。

「そんなに好きだったのに、逸瀬さんたちにはそのことをいわなかったんですか？」

「うん。気持ちだけは否定してた。噂が出まわって気持ちがばれちゃって、杉松君に気まずくされたら嫌だったから……」どこか後悔するように、愛菜はいった。「でも、なんでだか逸瀬君たちは誤解してヒートアップしちゃって。全然迷惑じゃないって何度も止めてるのに、『無理するな』とかいわれて、そのうちに杉松君に話しかけたり話しかけられたりしてるのを見られたら、怒っちゃってどんどん大事になっていって……」

そうして、せっかく杉松が好きでおなじサークルに所属していたのに、杉松は逸瀬たちによって追放されてしまったらしい。杉松のいない『サークルリア充』にいる意味もなく、辞めると告げると、逸瀬たちは『また杉松か』とあらぬ誤解をして嫌がらせを再開しようと暴走した。杉松を守るために彼女はサークルに残ることにしたのだ。

「この二年間、本当に大変だったの。逸瀬君の告白はもう二回断ってて、岸本君はこの間で三回目。いい加減、友達以上には見られないってことに気づいてほしいんだけど……」

愛菜の態度からして、彼女が逸瀬たちを微妙に避けていることには小梅も気づいていた。彼女は小さく首をすくめて、小梅を見た。

「でも、二人とも全然一途じゃないんだよ。告白してくるわりに、サークルの新入生にちょっかい出してたりするし。女の子同士ならすぐ噂でわかっちゃうのにね。理子にも何度も岸本君はチャラいからやめなっていってるんだけど、全然聞いてくれないし」そういって、愛菜は携帯電話を出した。「でもね、これ以上誤解されたくないから、わたしが杉松君を好きだっていう噂が広まる覚悟でこの前ちゃんとみんなにいったんだ。見てくれる？」

そこには、愛菜と逸瀬たちのやり取りが残っていた。『杉松君のことがどうしても気になるから、やっぱりサークルを辞めようと思う』という愛菜の申し出に、逸瀬軍団――いや、逸瀬と岸本が一斉に反発していた。『あんな奴のことはもう気にする必要ないよ』とか、『もう忘れろよ、ガシノはなにも悪くないから』なんていう的外れな返信が続いている。

――完全に、『気になる』違いだ。日本語って難しい。

それぞれがそれぞれなりに頑張ってはいるが、全員がみごとに空まわっている。小梅は彼らに——なかでも特に、愛菜に同情した。

「逸瀬君たちが、杉松君の大事にしてる彼女を攫い出そうとしてることには途中で気がついたの。止めようと思ったんだけど、でも、これで杉松君が彼女を諦めてくれるならって思っちゃって。けど、後悔してる。やっぱり止めるべきだったね」

これはきっと、彼女の本心だ。でなければ、自分が持ちだしたわけでもないのに、天明屋の高価な時計代を立て替えようとは思わない。いろいろ拗《こじ》らせているし慎重すぎるきらいはあるが、杉松に対する愛菜の純粋な想いを小梅はむしろ応援したくなった。

「あの……。あたしは、愛菜さんみたいな人になら告白されて嫌な気のする男の人なんていないと思います。きっともっと直接的に正面から気持ちを伝えても、杉松と上手《うま》くいくんじゃないでしょうか。思いきって、杉松に気持ちを伝えてみたらどうですか？」

「本当？　本心からそう思う？　実はあなたも杉松君を好きで、わたしを陥《おとし》れようとしていってるんじゃなくて？」

意外と疑り深い。小梅は急いで首を振り、どこかで口にした台詞をいった。

「ただの友達ですよ、純然たる」

「よかった。わたし、実は、月島さんとずっと友達になりたかったの。だって、杉松君の唯一の女友達だもん。月島さんが応援してくれたら、すごく心強いなって思ってて」

愛菜の顔がパッと輝いた。友達になることを約束した愛菜に、小梅は確認した。

「それじゃ、杉松の恋人を返してもらえますね？　あなたなんでしょう、彼女を『サークルリア充』の部室から連れ出したのは」

小梅は、祈るようにして愛菜を見つめた。この間の大型連休に行われた『サークルリア充』の旅行に参加しなかったのは、サークルの中で彼女だけだったのだ。

「あれだけ杉松が大事にしてるものを……、壊したりはしてないですよね？」

「本当は燃やしちゃおうと思って灯油も買ってたんだけど、やっぱり最後の最後で踏み切れなくて。だから、アルバイトをしてるカフェの店長と仲間に頼んで、倉庫に置かせてもらってるの。杉松君に返すの、手伝ってくれる？」

――思い留まってくれて本当によかったと、小梅は思った。

アルバイト先に向かおうと『マリア』から腰をあげた愛菜に、小梅は尋ねた。

「……もう一つ、最後に訊いておきたいことがあるんですけど」これが、彼女にもっともぶつけたかった疑問だ。「愛菜さん、杉松のいったいどこを好きになったんです？」

すると、愛菜は真っ赤になって恥ずかしそうに微笑んだ。

「えー、わかんないよう。最初はただ頭のいい人だなって思ってて、でも、一本芯のあるところが素敵だなって感じて」それから、愛菜は甘い声でマシンガントークを続けた。

「それから、ずっと自分の話ばっかりしちゃうトコとか強い信念あるんだなって思うし、人の話を聞いてないところにも確固たる自分を持ってるんだなって感じるし、声がよく裏返っちゃうところも可愛くてキュンとしちゃうし、服に全然気を遣ってないところもチャラくなくて男らしいし、女の子に興味ないのも硬派でカッコイイし、でもちょっと、喋《しゃべ》り方が変だよね。わたしは個性的でいいなって思うんだけど、人によっては誤解されそうかなって。そうだ、杉松君に告白する時、一緒に喋り方を変えてって頼んでみようかな。あんなに素敵なのに変に誤解されちゃったら大変だし――」

駄目だ。完全に杉松にベタ惚れみたいだ。この世でもっとも謎めいているのは恋する乙女心だと小梅は思った。

愛菜から杉松の恋人を取り返し、ようやくのことで小梅は友人を人間社会に呼び戻すことができた。彼女を取り戻した手段に質問も差し挟まず咽び泣く杉松を引っ張って、小梅は久々にサシ飲みに出かけていた。二人の友人のために、ひと肌脱ぐのだ。

「杉松の恋人無事帰還に、乾杯！」

「おう、サンクス」

キンキンに冷えた生ビールのグラスをぶつけ合い、小梅と杉松は同時にぐいっと喉《のど》を潤した。目の前にはすでに、涼しげな冷《ひ》や奴《やっこ》や茹《ゆ》で立ての枝豆が並んでいる。

小梅は、あれから時間をかけて、東野愛菜という降って湧いたような杉松の恋人候補について考えた。杉松の恋人に灯油をかけて燃やそうとする辺り少々暴走気味のところもあるが、それでも愛菜は可愛い。とにかく可愛い。ひたすら可愛い。そして、可愛さはなにものにも代え難い才能であるはずだ。いくら変人でも、杉松も男には変わりない。

杉松の愛するものを灯油で燃やす。それを暴走のひと言で片づけていいのかと葛藤《かっとう》する気持ちを捻り潰《つぶ》し、小梅はおもむろに口を開いた。これはたぶん杉松の最初で最後の人間の女性とのご縁だし――耳に痛いことも時にはいってあげるのが、本当の友達だと信じて。

「あのさ、杉松。今日呼び出したのは他でもないんだ。前々からいおうと思ってたんだけどさ。……アンタ、いい加減まともな喋り方しなよ。正直にいって、その喋り方、変だよ？」

愛菜は、結局あのあと、告白の時杉松に『喋り方を変えて』と頼むといって譲らなかった。どうしても杉松の将来が心配らしい。杉松の個性的な喋り方は表面的な要素で自分を判断する人間を排除するためのフィルターなのだと何度説明しても聞かない愛菜に、ついに小梅は友として自ら人身御供になることを決意したのだ。

だが次の瞬間、小梅は自らの決意を強く後悔した。杉松の顔が、鬼のそれへと変わり、悪魔の説教タイムが始まった。リミッターの外れた杉松は恐ろしかった。

怒り心頭な杉松の切々とした小梅への反論と駄目出しは、それから四時間余りも続いた。

9

次の日、小梅は天明屋空将講師室で泣いていた。あの呪われた四時間のせいで、今度は小梅がすっかり人間を辞めたくなっていた。またもあっさりと解禁になった『アイリス』に座り込んで、小梅は、天明屋に敗《ま》けを認めた。

「先生。あたしが間違ってました。男女の友情は、絶対に成り立ちません……っ」

「よしよし。そうだろうとも。僕にはこうなることがわかっていたけど、君の頑張りは先生がよく見ていてあげたからね、そう気を落とさないで、月島さん」

優しい声に反して、天明屋の顔はニヤニヤと意地悪く笑って小梅の頭を撫でている。

ぐっと歯を食いしばり、また小梅は膝に顔を埋めた。いつぞやと逆の光景である。あの時の天明屋とおなじく、小梅は思うさまに泣き声をあげた。

「う、うわあああん!!」

第三話　検索ワード、隙間女

1

「ふう……」

　肩をまわしながら自宅のワンルームに帰り、逸瀬《いっせ》は目元を手で揉《も》んだ。ここ数日まともに寝ていない。慢性的な偏頭痛《へんずつう》と目の疲れはキツくなる一方だった。しかし、行きすぎた遅れを取り戻すためだ。致し方ない。

『サークルリア充』が事実上の解散になってから、勉強とインターン三昧の日々だった。特に院での講義をサボりまくったせいで単位が危ういし、知識や技術も同級生に劣っている。加古川《かこがわ》教授に捩《ね》じ込んでもらったインターンで働いている会社では、居場所を作るだけで精いっぱいだ。

自分が職に選ぼうとしている分野と真剣に向き合うたびに自分の無力さに打ちひしがれる日々だが、それでもここで腐っては自分の頸《くび》が絞まるだけだ。

傷心に引きずられて頭までまわらなくならなくてよかった。サークルと好きな人を失った日々はリアルのひと言に尽きるが、いつかは夢も青春も終わる。大切なのはこれからの人生設計だ。

倒れこむようにベッドに寝転がり、すぐに逸瀬は眉をひそめた。むくりと起き上がり、自分の頭を受け止めた枕を見た。一人暮らしを始める時に母がガチャガチャと買ってきた、チャコールのカバーに包まれたその枕が、やけにヘタっている気がした。大学入学からだから、もう五年も使っている計算になる。こんなものかと、また逸瀬は寝転がった。今は一刻でも早く休みたい。

ボケっとした頭で携帯電話をいじり、アラームを設定したあとで、ふと逸瀬は未受信のメールがあることに気がついた。新着メールを問い合わせ、しばらく待つ。しかし遅い。不審に思って確認すると、いつも入っているW・i－F・i《ワイファイ》の表示がなかった。

ネットワークを一度落としてから接続し直し、ようやく届いたメールはただの企業の広告だった。再起動と同時にW・i－F・iの電波も戻っていた。

「……?」

なんだったんだと思ったが、逸瀬の思考が続いたのはそこまでだった。そのまま逸瀬は瞼《まぶた》を閉じ、夢も見ない深い眠りについた。

2

大学生の夏は長い。

二カ月近い夏季休暇が設けられている大学がほとんどだ。

小梅《こうめ》たちの大学も、その例外ではなかった。短かった梅雨《つゆ》が終わり、サウナみたいな日本の夏が始まったその日、新生『カレーメン』の面々は浮き足立っていた。

「合宿しようぜ、夏合宿！」

最近爆発した『サークルリア充』の年間イベント表を入手したカレーとラーメンの申し子たちが沸きたっているのも無理はなかった。

だって夏だ。

夏は、選民にも庶民にも平等に訪れる。

むさ苦しくて変な臭いまでする『カレーメン』の部室は今、むわっとするような熱気に満ちていた。

「月島《つきしま》ちゃん、東京《コッチ》に来てる高校の友達とか誘ってもいいよ。むしろ誘え！」

「すんません、高校の友達みんな面食いなんで」

「そっか、じゃ、しょうがないよね……って、なにいわすんじゃーい！」

この聞き苦しいなんちゃって乗りツッコミさえも、夏の魔力を前に大爆笑が起きた。いつの間にか猫柳《ねこやなぎ》までもが『カレーメン』に紛れ込み、「調子に乗んな、ブス！」とかいってくる。ブスはおまえじゃ。

しかし、夏の初《しょ》っ端《ぱな》に突如《とつじょ》として降って湧いた合宿企画だ。当然のごとく都合よく宿が取れるはずもなく、そしてメンバーの財政状況も芳《かんば》しくなかった。

結局、合宿開催地は『カレーメン』に飛び込み参加してきた猫柳の自宅と相成った。大学に院も合わせて九年超も通えるくらいだ。猫柳は、ああ見えてちょっとしたボンなのだ。

「やっぱり『カレーメン』の合宿だし、闇カレーは鉄板すよね！」

「なあ、杉松《すぎまつ》！　当日は怪談とかやろうぜ。夏だしやっぱり百物語的な⁉」

男どものテンションがこんなに高いのは、突如として『サークルリア充』から転がりこんできた東野愛菜《ひがしのあいな》の存在に拠《よ》るところが大きい。夏合宿の企画を話すと、彼女は二つ返事で参加すると快諾《かいだく》した。

部室棟の一番隅っこにある小汚い『カレーメン』の部室へ来た彼女を見て、小梅は少々虚を衝《つ》かれた。

「就職活動のため」と前置きされた黒染めされたストレートの髪と、マニッシュを超えてボーイッシュなTシャツに細身のジーンズ姿はシンプルかつ地味にまとまり、みごとに『カレーメン』の空気を読んでメンバーに気後れを与えないよう配慮されている。けれど残念ながら、彼女の涙ぐましすぎる努力に気づくのはまたも小梅だけだった。

「愛菜さん、あの、逸瀬さんは？」

隣に座った愛菜に小声で訊《き》くと、彼女はにこにことしたまま答えた。

「来ないって。勉強とインターンで忙しくて、家に帰る暇もないらしいよ」

「そうですか。最近連絡は取ってるんですか？」

「全然。向こうからも、もうぱったり来ないよ」

愛菜の返事に、小梅はほっと安堵《あんど》した。

実は、彼女とは別口で、逸瀬も杉松にごめんなさいをしてこの『カレーメン』に入り直してきたのだ。

愛菜に聞いた話では、とうとう逸瀬は三度目の正直の告白を終えて長年の片想いにケリをつけた、いや、つけさせられたらしい。愛菜は今度こそハッキリと「どうしても杉松君が好きだから、逸瀬君のことは全然少しも考えられない。杉松君を好きじゃなくても、逸瀬君のことはこれまでもこれからも絶対に考えることはない」と未来永劫《えいごう》ただの友達通告を突きつけたらしい。合掌《がっしょう》。

それでも最初は、逸瀬は愛菜を諦めきれずに『カレーメン』に入ったのだと思った。だが、そのあとの動きを見るにどうやら違うようだ。

彼は、杉松と本当に仲直りをしたかったらしい。反省の証《あかし》にと、『サークルリア充』も号泣の中見送られて卒業してきたとのことだ。中心人物の辞めた『サークルリア充』は、事実上の解散状態にあるそうだ。合掌。

一度は道を踏み外しかけた逸瀬も、今は真面目に勉強やインターンに取り組み、どうやら真人間に戻ったようだ。心配ごとが一つ解消し、小梅は肩の力を抜いた。

このあとの前期試験を乗り切れば、楽しいことばかりだ。

主張の激しくなった蟬《せみ》の鳴き声に染まる前期試験は、怒濤《どとう》の勢いで終わった。試験が始まるまでは長いのに、始まってしまうとあっという間に感じるのはなぜなのだろう——なんて落ち着いて考える暇もないまま、合宿当日の夜がやってきた。

「おお、すげえ！」

猫柳邸に辿《たど》り着くなり、驚嘆の声があがった。猫柳の実家は、噂通りの豪邸だった。

息子に激甘の猫柳の両親が、いつもは車が三台は止まっているところを今夜のために特別に空けてくれた巨大なガレージで、憧れの夏合宿の幕が上がった。

「そんじゃ、『カレーメン』初の合宿開催を祝い……、カンパーイ!!」

チョロチョロと猫柳家の飼い猫たちがうろつくガレージで、安っぽいアルミ缶の酒がプシプシ開けられ、一気に酒盛りが始まった。

酒類を山のように買い漁《あさ》った夏の宴《うたげ》は、持ち寄りの具を濃いカレー液に見境なく投入した闇カレー鍋をコンロにかけて盛り上がった。闇カレー鍋を突《つつ》いて汗だくになりながら騒ぐうちに、すぐに時間は深夜へと差しかかった。

零時をまわった頃、愛猫《あいびょう》たちに囲まれて猫っ毛まみれになっている猫柳が、ふと立ち上がった。

「んじゃ、そろそろ準備始めちゃおうかな。誰か、手伝ってくれる?」

猫柳の声に、小梅が手をあげた。

「あ、あたし、手伝います」

夏の風物詩たる怪談語り、百物語を始めるのだ。大量の白いロウソクを取り出した猫柳に並んで、手伝いに腰をあげた小梅は火を点《つ》け出した。ふと猫柳は顔をあげ、すでに汗だくのメンバーたちを見た。

「今日風あるから、火が持たなそうじゃない？　ガレージのシャッター下ろそうか？」

猫柳の顔は、冗談抜きで嬉しそうだ。そういえば、合宿開始から甲斐甲斐《かいがい》しく『カレーメン』のメンバーたちの世話を焼いていた。

するると、猫柳の発言に杉松がこう突っ込んだ。

「ガレージ閉めたらみんな死ぬお。冗談抜きで」

百物語は、百本のロウソクを灯《とも》して行うのだ。一人が一つ話を終えるごとに、ロウソクを一本消していく。ロウソクが全部消えた時になにやら良からぬことが起こるということだ。

それから、大学構内の心霊スポットから過去にあった金縛り体験談まで、各々が信憑《しんぴょう》性のない怪談を話してゲラゲラ笑っていたが、四時をまわる頃にはさすがにネタ切れになった。少しの間沈黙が流れ、やがて猫柳が「あ、そうだ」と呟いた。

「ねえねえ、もう一つ怪談思い出したんだけど。みんな、隙間女って知ってる？」

「ああ、知ってる。たしか映画にもなったよね」

誰かが頷《うなず》く。

隙間女とは、比較的最近認知された都市伝説の一種で、口裂け女やテケテケ系の女怪人のニュータイプだ。なんでも、一人暮らしの人間の家に入り込み、あり得ないほど狭い隙間の中から住人を始終ただ見つめているのだという。この怪談は、だいたい隙間女を見つけたあたりでプッツリと終わり、その後住人がどうなったのか結末が語られない話のほうが多い。

「結末があったとしても、だいたい行方知れずとかそんなとこだろ。無責任なのがその手の話の常だ」猫柳にそう反応したのは、杉松だ。

「じゃなきゃ怖くないしねえ」今度は、『カレーメン』の部長が続いた。

部長の姿を見て、彼も今夜来ていたのだと小梅は初めて気がついた。合宿企画会議でも進行役でありながらほぼ発言のなかったこの部長は、存在感が薄いことで有名というアンビバレントな存在である。「名は体を表す」を地でいくこの薄井《うすい》部長は、ウィキペディアでも見ているのか、携帯電話を覗《のぞ》いてしきりに頷いていた。

するど、猫柳が自慢げにいった。

「でもね、僕の知ってる話は、普通のとはちょっと違うのよ。建築業界限定のホラーだもんね」

「あれ、もしかしてそれ、俺も知ってるかも」猫柳に反応したのは、先ほどから携帯電話を覗いている薄井部長だ。「建築業界で働く男にだけ取り憑《つ》くってやつでしょ？　その隙間女をテーマにしたホラー系のトリック動画が動画サイトにアップされて、話題になってたよ。動画があげられてから結構経ったけど、再生回数かなり伸びてるみたいだった」

薄井部長の補足に、小梅はふと思い当たった。

業界最大手の無料動画サイトは、再生回数を稼ぐとそれに応じた報酬《ほうしゅう》をもらえるシステムを採用しており、半芸能人みたいな有名投稿者も数多く存在する。目につくのはゲームの実況や「踊ってみた」「歌ってみた」の類《たぐい》だが、再生回数を稼ぎやすいホラー系動画も数多くアップされている。

怖いもの見たさに手軽な無料動画サイトを使うという心理は、小梅にもちょっと理解できた。長々としたホラー映画を観る勇気はなくても、数分の動画なら……と思ってしまうのだろう。そういえば、ゲームの実況もホラー系は根強い人気がある。実況者の声があることで、恐怖が薄れるからだ。

「この建築業界版隙間女の動画は、隙間女が自分で撮ってアップしてるそうだけど。一応、触れ込みはガチの心霊動画ってことらしいのよ。この隙間女に家に入り込まれると、家主はみんな死んじゃうんだって」

「ありがちすぎて草不可避。けど、よくある怪談だとそんじゃその話を広めてるのは誰なわけ？　って疑問がセットになるところを上手《うま》く回避してるな。隙間女自ら動画を撮って広めてるんなら納得だお」

杉松が、頭を掻《か》きながら猫柳にそういった。

すると、猫柳が一度家に入って、どこからか持ってきた最新モデルのノートパソコンを開いた。カタカタとキーボードを叩く音が響き、そのうちに動画サイトのウェブページが表示された。

「あ、あったあった」音符でもつきそうな高い声をあげてブラウザを確認し、パソコンの画面がみんなによく見えるように猫柳が身体《からだ》をずらす。「ねえ、みんな観てよ。ほら、きっとこれだよ」

薄暗いなにも映っていないサムネイルと、隙間女というタイトルに連なる【閲覧《えつらん》注意】の警告が目に入る。猫柳がノートパソコンの音量を最大にあげた。

「一度見てみたかったんだ」

そういって猫柳が全画面表示にして再生をクリックすると、すぐにザーッと雨音みたいなノイズが始まった。

モノクロみたいな映像だった。

恐怖心を煽《あお》るためなのかどうか、暗闇を映した安定しない映像が続き、やがてすっと画面に白いものが映る。カメラが引きになり、それが誰かの白い手だとわかる。撮影者の手なのだろうか、白い手の向こうにはフローリングの床が映っているように見えた。どうやら、隙間女の視点に合わせてカメラがまわされているということらしい。

するど、ふいに白い手が画面から消え、代わりに薄暗い空間が映った。どこかの部屋のようだ。フレームアウトしていた手がまた画面に入り、前方へ向かって弱々しく伸ばされる。

手を追うようにしてカメラは部屋へ這《は》いだし、中を進み、ぐるりと周囲を映す。ベッド、デスク、冷蔵庫、そして張り出した柱と本棚の間にあるとても人が間に入れるとは思えない十センチ弱の細い隙間を順繰りに映し、やがて全身鏡の前でカメラは止まった。そこには、白い服を着た髪の長い女がだらりと両手を垂らして映っていた。

動画は、そこでプッツリと終わった。

「……」

しばらく、沈黙が続いた。

沈黙に耐えられなくなって、小梅は薄笑いを浮かべた。

「う、うわあ、結構、作り込んでありますね」

「うん、意外だった。もっと仕掛けがまるわかりの安っぽい感じかと思ってた」率先して動画を再生しておいて怖々とした顔をしているのは、猫柳だった。「こういう系って、気合い入って作っているのもあるもんなんだね」

「ねえ、ほんとに。手作り感が逆に怖いっていうか」

「よくできてるけど、トリック動画だろ？　こういうのって、いかにもおなじ日おなじ時間におなじ部屋で撮りましたって感じに映ってるけど、都合よく撮れたところをかなり編集して繋げてるもんなんだお。ＵＦＯ動画とか、ハリウッド映画ばりに加工されてるのがいくつもアップされてるから、観てみるといいお」

　ノリの悪いその声は、杉松だ。だが、その冷静さに今はほっとさせられる。

「だよね。一瞬ホンモノかと思っちゃった」

　なんというか、全身鏡に映った女の姿から、狂気じみたものを感じたのだ。

　気がついてみれば、本当に怯《おび》えているのは、小梅と猫柳だけだった。杉松は澄まし顔で「こんなのにビビってるの」という顔で小梅を見ているし、参加者の何人かはすでに動画を観たことがあるらしく、「すごいでしょ？」とばかりに平然としている。

「編集のひと言で片づけちゃうのも詰まんないから、建築学科ばっかがいるサークルとして一つこの動画の謎を解いてみようぜ」

　怪談のネタも尽きていたしと、誰かが口を開いた。

「動画に編集がなかったと仮定して、建築技法的に今の動画撮影が可能かどうか。――諸君はどう思う？」

百物語から新しいネタが降って湧いて、『カレーメン』のメンバーたちは盛り上がった。

「うーん。どうかなあ。あの動画に一瞬映ってた隙間、一応あそこに住んでる隙間女ちゃんって設定なんでしょ？　映像にはかなり細い隙間に映ってたけど、本当はもっと広いんじゃない」そういったのは、冷静さを取り戻した猫柳だ。手で末広がりの三角フラスコみたいな形を作り、こう続ける。「この、下のほうで広くなってる隙間は画面に映さないようにしてさ」

「その変な隙間、なんに使うんだお。ペットトイレか？」

そう突っ込んだのは、杉松である。猫柳は唇を尖らせてこう反論した。

「いや、だから、変わり者の住人のリクエストで作った部屋なんだよ、きっと。隙間女ちゃん、いつか来てくださいって祈りが込められてるのさ」

たしかに動画投稿者は変わった嗜好《しこう》の持ち主のようだが、それではこれは自慢のお部屋の披露動画なのだろうか。

すると今度は、杉松が思いついたように口を開いた。

「撮影者が新体操経験者っていうのはどうだお。軟体の人間が肩の関節とか外せば、十センチくらいの幅ならイケるんじゃないの」

「あるかもしれないけど、それじゃ、建築技法は関係ないんじゃない」

薄井部長がルール違反を指摘すると、「たしかに」とまた杉松が頭を捻《ひね》り出した。すると、早々に考えるのを放棄した猫柳が、新しい缶ビールを開けて言った。

「……でもさ、こんな建築業界限定の隙間女ちゃんが本当にいるとしたら、自分家《じぶんち》に住んでても気づかない自信あるよね。各所の名建築まわって設計事務所でバイトして勉強して設計課題やってたら、家に帰ってゆっくりする暇なんてないもん」順番が大いに逆だと思うが、猫柳は自らの多忙な毎日を嘆息した。「働き始めたらますますだろうしねえ。建築業界でハードじゃないとこなんて限られてるだろうから」

建築大国日本だが、業界従事者が整った環境で働いているかといえばそうでもない。新人のうちは一カ月のうち一日も家に帰れないなんてこともザラにあるのは、クリエイター業界の常だ。

しばらく建築業界あるあるで盛り上がっていた面々が、やがてガレージの隅でじっと自分の携帯電話を見つめたまま黙っている愛菜に気がついた。

「東野さん、どうしたの？　家の人が心配してるとかなら、今からでもみんなで……いや、有志が送ってくけど」ちらちらと、部長が杉松を見ながらいった。存在感が行方不明の薄井部長だが、勘だけは鋭いようで、彼だけは愛菜が杉松をずっと一途に愛しているのを察していたらしかった。

「いえ、違います」どこか怪訝《けげん》な表情で、愛菜は手にした携帯電話を睨《にら》んでいる。少しの間沈黙し、やがて彼女はいった。「すみません。さっきの動画、どうしても気になっちゃって、確認してたんです」

どういうことかと愛菜を見つめると、彼女はすっと顔をあげた。

「やっぱりそうです。この動画に映ってるワンルーム、見たことがある気がしてたんですけど。これ、たぶん逸瀬君の住んでる部屋で、間違いありません」

「え」

「マジっすか」

残っていたメンバーたちは、一斉に顔を見合わせた。青い顔をした、猫柳がぼそりと呟いた。

「たしか……」猫柳の顔は、引きつっている。「この建築業界限定の隙間女ちゃんって、家の住人を漏れなく殺すっていう設定だったよね」

猫柳の言葉を聞いた瞬間、背に冷たいものが走ったのは、きっと小梅だけではない。

3

「……今度はオカルト系の都市伝説か。次から次へと、君も大変だな」

天明屋《てんみょうや》は、呆《あき》れたように肩をすくめた。未練を吹っ切ったボール・チェアの『アイリス』とお別れした彼は、お気に入りのバルセロナ・チェアの上で組んだ長い脚を、専用のオットマンに預けている。

このバルセロナ・チェアのデザインをしたのは、ル・コルビジェとおなじく世界三大建築家の一人に数えられる、ミース・ファン・デル・ローエなのだという。一九二九年のスペイン・バルセロナ万博に訪れたスペイン国王夫妻のためにデザインされたらしい。

小梅は、本物の王様みたいな態度の天明屋を見つめた。

「ごめんなさい」申し訳なくなって、小梅は俯《うつむ》いた。たしかここのところこんなことでばかり彼を頼っている。「……でもですね、もし本当なら大変ですよ」

「そうかな。もし本当に、逸瀬君の部屋に、その……」

どうやら新語がなかなか頭に入ってくれないらしい。さっそく怪奇の主の名前を忘れている天明屋に、小梅が助け船を出した。「隙間女?」

「そう、その隙間女が住んでたらってこと？　別にいいんじゃない。逸瀬君は傷心の身だし、そのくらい積極的な女性のほうが案外今の彼には合うかもしれないよ」

「そういう問題じゃありませんよ、先生。その隙間女に同居された人は死んじゃうらしいんです。『カレーメン』のみんなも心配してるんです。もし逸瀬さんがそんなことになったら……」

一生懸命に説明しているうちに、自分でもバカバカしく思えてきた。小梅もたまにいたずらメールを受け取ることがあるが、「何日以内に何人にまわさないと不幸になる」というお決まりのいいまわしを信じたことはない。

「……やっぱりそんなことありえないですよね。それに、杉松がいってたんですけど、ホンモノの隙間女じゃない可能性も十分考えられるって」

「彼らしい合理的な見解だね。逸瀬君自身がその動画を撮って、アップしている可能性だろ？　もちろんあるんじゃないか」

「夢は人気動画投稿主ですか。今時ですね……」

上手く当てればかなりの収入になるらしいし、たしかに手を出す学生はいるかもしれない。しかし、小梅は首を振った。

「けど、動画に映っていた人は、絶対に逸瀬さんじゃありませんでしたよ。愛菜さんも杉松も、逸瀬さんの知り合いであんな心当たりはいないっていってました。隙間女じゃなくても、もし本当に変な人だったら……」

するると、天明屋がやれやれとばかりに肩をすくめて立ち上がった。

「逸瀬君に、心当たりは訊いてみたの」

「はい、杉松が訊いてくれました。知らないってだけ返事が来たらしいですけど、逸瀬さんは動画を観てないかもしれません。今は設計課題とインターンで家に帰る暇もないくらい忙しいみたいで」

逸瀬の状況を思い出したのか、そういえばと天明屋も頷いた。

「たしかに逸瀬君はかなりまいってるみたいだったな。自分で調べる暇はない、か……」

「じゃあ、一緒に調べてくれるんですか？」

「いいよ。面倒くさいけど、ちょっと興味もあるし」肩をすくめて笑い、天明屋は小梅を見た。「それじゃ、さっそく僕らで除霊にあたるとするか」

「さすがわれらが暇人先生、ありがとうございます！」

「……君、最近杉松君に似てきたね」

「そうですか？」素知らぬ顔をして、小梅はさくさくと話を進めた。「さっさと逸瀬さんに憑いたモノをお祓《はら》いしちゃいましょう。ねっ」

「ポチッとな……。ほら、これが噂の動画ですよ」

小梅が講師室に置いてあるノートパソコンを開いて例の動画を見つけて再生ボタンを押すと、天明屋が目を眇《すが》めた。

「センスがいちいち古いな、君は。本当に女子大生か？」

「リアルガチの女子大生ですよ、世界をまわしてないことだけはたしかですけど。先生、始まりましたよ。よく観てください」

またも、ザーッと雨音みたいなノイズが流れ、真っ暗だった画面に白い手が映った。あとは、夏合宿の夜に観たままの映像が続く。

「……ふーん。ネタ元は有名な和製ホラー映画だな」白い服を着て、長い黒髪を全部前に垂らして顔を隠している女の姿を見て、天明屋が頷く。「再生時間三分足らずか。雑に見えて、結構作り込まれてるね」

「そうですか？」

「うん。ほら」天明屋が動画を少し巻き戻し、全身鏡のシーンで一時停止する。「動画で撮られた映像なのに、この人カメラを持ってないでしょ。ここは、まったくおなじポーズをして撮った別の画像を、編集ソフトかなんかでカメラを隠した状態に修正して合成してるんだ。映像を揺らすことで、まるで動画が続いてるみたいに見せてる」

「ほんとだ」気がついた瞬間、しかし小梅はまたもゾッとした。「ホンモノだから……ってことはないですよね。カメラが映ってないの。ほら、念写っていうのを聞いたことありません？　この手の話で」

「なんだ。こんなのが怖いの？」

　天明屋は声を立てて笑った。むっとして、小梅は天明屋を見た。

「先生は怖くないんですか」

「あいにく、昔からこういうのは信じてないんだ」肩をすくめてから、天明屋は投稿主の欄を見た。「なるほど、投稿主の名はそのまま隙間女か。彼女のプロフィールにはなにか載ってたかい」

「いいえ」隙間女のプロフィールのページは、顔写真もコメントも未記載のままだった。

「でも、見てください、ここ」

「ああ、彼女の活動履歴は逸瀬君の部屋だけじゃないんだね。他にも動画がある」

「はい。逸瀬さんの前にも二本の動画があげられてて、どっちも観てみたんですけど内容はそう変わりません。『カレーメン』の全員で確認したんですが、逸瀬さん以外の動画はどちらの部屋にも誰も心当たりはありませんでした」

「ふむ……」天明屋は、残りの動画を再生し、丹念に眺めている。「動画の尺に長短がある ね。最初のが三分超で、二番目は一分ちょっとか。で、逸瀬君のが最新の動画なわけだ。ラストが全身鏡なのは逸瀬君のお宅だけで、他の二本はもっと小さな鏡だね。彼女も全身映っていない」

だが、天明屋はそこで言葉を止めた。じっと動画に見入っている天明屋に、小梅はおずおずと尋ねた。

「どうしました？　まさか、彼女が画面の外《コッチ》に向かって歩いてきてるとかじゃないですよね」

「いや。それより性質《たち》が悪いかもしれないね。見る？」

そう訊かれては、気になって仕方がない。頷いた小梅に、天明屋は一番古い動画をまた鏡のくだりで一時停止した。

「鏡の中、よく見てみて」

「はい……。……あっ」

思わず、小梅は天明屋の肩を摑《つか》んだ。

画面の中の鏡には、よく見れば隙間女だけではなく——宙にぶらりと浮かぶ、誰かの二本の足が映っていた。

「これ……」

「これがホントの心霊動画ということかな。それとも、もっと悪ければ……」

天明屋の言葉に、小梅は猫柳のいっていた建築業界版隙間女の結末を思い出した。

「犯行予告、ってこと、ですか」

「または予言かな」

鏡の中にだらりと伸びている二本の足を見る限り、たしかに、住人――逸瀬も含めた――の首吊り死を示唆《しさ》しているようにも思える。

「冗談で済めばいいけど、さすがに教え子がこんなのののせいで危険な目に遭ったとあってはあと味が悪いね。ちょっと真剣に考えてみよう」

そういうと、天明屋は三本の動画を再生して確認し始めた。小梅も、横に並んで動画を隅々まで観て、こう呟いた。

「……あの足、逸瀬さんの動画には映ってませんね」

「うん。二本目の動画にも入ってない」

「鏡の形のせいでしょうか。逸瀬さんの部屋のは細長い全身鏡だし、二本目は鏡台の合わせ鏡だから……」

「どうかな」

天明屋は、バルセロナ・チェアに座り直した。天明屋を見て、小梅はすかさず特薄コーヒーを差し出した。満足げに頷き、天明屋は目を細めた。

「準備がいいね。それじゃ、エスキスしてみよう」しばらく眉間《みけん》に指を当てていた天明屋だが、やがてすぐに顔をあげた。「とりあえずだけど。三本の動画を見て、この動画を鏡のシーン以外で編集を使わずに撮る方法は一つ思いついた」

「え、もうですか?」

「そんなに驚くほどのことじゃないよ。それぞれの部屋に、ちょっと見逃せない特徴があるんだ」

「教えてください」

「駄目。それは実際に部屋をこの目でたしかめてから」

また焦《じ》らされるのかと思って、小梅はむっと唇を窄《すぼ》めた。すると、不満顔をしている小梅に、天明屋がいった。

「じゃ、別のヒントを教えてあげるよ。ほら、よく見てごらん」天明屋は、今再生されている二本目の動画を指差した。「二本目の動画が一番短いのはさっき指摘したね。でも、それ以外にもこの二本目の動画には特徴がある」

天明屋にいわれるままにじっと動画を見つめ、小梅は首を傾げた。やがて、ハッとして顔をあげる。

「二本目の動画、短いだけじゃなくて作りも荒い気がしますね……」

二本目の和室らしき部屋で撮られた動画は、室内を慌ただしく映しただけでなく、肝心の隙間女自身もほとんど数秒しか映らない。映像を精査してみると、動画の上に静止画を重ねたブレが簡単に発見できた。

「そう。動画の素材を集める時間が単純に足りなかったんじゃないかな。そして、仕上がりの良さで比べるなら」天明屋は、再生の終わった二本目の動画を止め、別の動画を再生した。「この一本目だ。三本の中でこれが一番出来がいい」

「けど、投稿順がそのまま撮影順なら、変ですよ」

天明屋も頷いた。

「普通に考えれば、回数を重ねれば映像を撮るのもどんどん上手くなりそうなものだ。それなのに、この動画の出来はバラバラだね。一本目が一番出来がよくて、一般の視聴者からの評価も高い。二本目は評価が落ちてるし、中には辛辣《しんらつ》なコメントもついてるな。そして、三本目の最新作が逸瀬君の部屋だ」

「評価、少し盛り返してますね」

動画サイトの一般ユーザーの中でもこの動画に対するスタンスは分かれていた。ホンモノと思っているユーザー、作り物と考えて高評価をつけるユーザー、おなじく作り物と考えて出来の悪さを批判するユーザー、最後は不謹慎《ふきんしん》だと指摘する良識派らしきユーザーだ。コメント履歴を読む限り、彼らはみな敵対関係にある。

彼らユーザーのつけたコメント履歴に一つだけ、毛色の違うものが混じっていた。

小梅は、このホラー動画を不謹慎だと批判しているユーザーのコメントを見た。『本当に死んでしまった人がいるのに、こんな動画をアップするのは人としてやってはいけないこと』――。

「先生、これって……」

顔をあげた小梅に、天明屋はいった。

「一度、逸瀬君に頼んで部屋を見せてもらおう。本当に隙間女とやらが住んでいるかどうかも、部屋に行けばわかるだろうし」

「すぐ、杉松に連絡します」

携帯電話を取り出し、小梅はすぐに逸瀬宅訪問の手配を進めた。

4

逸瀬宅に小梅と天明屋が向かうことになったのは、それから二日後のことだった。

「杉松君は、今日来られなかったんだね」

「ええ、設計課題がかなりキツイらしくて。さっきも電話してみたんですけど、即切りされました。それでもなんとか逸瀬さんから鍵は借りてくれたんで、助かりましたけど」薄汚れたキーホルダーにぶら下がっている鍵を見せてから、小梅は目をあげた。「あそこですね、逸瀬さんが一人暮らしをしてるアパートは」

逸瀬の部屋は、最寄りの駅から歩いて十分ほどのところにあった。

ヒビの入った外壁といいやけに背が低く感じる入り口の扉といい、外観には年季を感じるアパートだが、室内はリフォームされてそう経っていないようで綺麗《きれい》だった。

——が、リフォームの時期と住人の部屋の扱い方は別事項である。

雑然とした逸瀬の部屋に足を踏み込んだ天明屋は、顔の半面を覆う大げさな防護マスクの上の目を細めた。

「洗濯物は脱ぎ捨てられてぐちゃぐちゃになってるし、パソコンはつけっ放しか。いやあ、男の一人暮らしの部屋になんか入るもんじゃないね。東野さんも、よくこんな汚い部屋に来たもんだ」

　たしかに汚いし、変な臭いもする気がする。

　失礼だと思ったから控えたのだが、やはりマスクを持ってくるべきだっただろうか。そう思いつつ、小梅はそーっと屈み込んでベッドの下を見た。誰かと目が合ったらどうしようと怯えていたのだが、杞憂《きゆう》に終わった。ベッドの下には逸瀬所有のいかがわしいＤＶＤの山があるばかりだ。

　今見たものを見なかったことにしつつ、小梅は天明屋にいった。

「……愛菜さんが来る時は、さすがにいろいろ隠して綺麗にしたんじゃないですか」なんといっても逸瀬は告白三回挑戦の猛者《もさ》だ。「なんでも、サークルのイベントの打ち合わせがあるとかいわれて例の逸瀬軍団と一緒に何回か来たことがあるらしいですよ。ほら、もう一方の防壁がいれば、無理に迫られることもなかったらしくて」

「岸本《きしもと》君か。モテる女の子は大変だね」

「彼女なりに友達オーラを出してたらしいんですけどね。押せばイケそうなあの雰囲気が崇《たた》ったんですかねえ、断れば断るほどに燃えられちゃったみたいで」

　小梅は、岸本の安っぽい頭ぽんぽん技をダッキングかのようなステップでかわす愛菜の姿を思い出した。

「魔性の女だな、彼女は」

「まあ、それは女のあたしでも見ればわかります」

しかし、本命の杉松にだけはイマイチその魔性の魅力が効かないのも涙をそそる。

「杉松君はどう思ってるの？」

「うーん。反応は悪くないと思うんですけど……、愛菜さんと話す時声裏返ってるし。でも、自分に気があるとは微塵《みじん》も思ってないみたいですね」

「教えてあげないの？」

「教えたら教えたで暴走しそうで怖くて」

慣れないモテに舞い上がって上から目線で愛菜に接したり、または全然違うくせに女慣れしているモテ男を装ったり、はたまた愛菜が怯えるまで追いかけまわしてしまったり——どの杉松も悲しいほどリアルに想像できた。そんな友の姿は見たくない。愛菜は、無理をしない今のままの杉松が好きなのだ。男女交際において自然体を保つのがどれほど大変か知らない杉松には、愛菜は少々愛らしすぎる。やはりここは時間をかけて二人の関係を育《はぐく》むべきだという結論に落ち着いた小梅である。

「愛菜さんの気持ちが変わらないかだけが心配ですけど。話を聞く限りは当分大丈夫そうなんで、見守ることにしました」

「恋するあまりにあんな怨念《おんねん》じみた手紙を送る子だから、しばらく放っておいても大丈夫だと僕も思うよ。それにしても、他人の恋路の話ほど聞いてて詰まらないものはないね」

逸瀬の失恋絡みのほうは面白そうに聞いていたくせに、天明屋はそういって首を振った。

そして、あらためて室内を見まわす。小梅も逸瀬の部屋を見ながら、こういった。

「一人暮らし用にしては少し広いですけど、普通の部屋ですよね。玄関から短い廊下が続いて、ユニットバスと電熱線の一口コンロのキッチンがあって、フローリングのワンルームで……」

どうやらワンルーム自体は六畳より広いようだが、それ以外は全部が小さめの作りに感じた。特に、天井やドアに高さが取られていない。やはり、外観通りかなり古い物件のようだ。年季の入った建物は、昔の日本人の平均身長に合わせて規格も現在より幾分小さいのだ。

動画に映されていた全身鏡もたしかにあった。そして、全身鏡の位置からして、動画の撮影が開始された場所は――。

振り返った小梅は、すぐにハッとした。

あった。動画に映っていた隙間だ。

「天明屋先生、ここですね」

　壁から張り出した太い柱の角の隣に、スライド式の本棚が据えられている。柱と本棚の間にはコンセントの差込口があって、その分の細い隙間が確保されていた。小梅は急いでメジャーを取り出した。

「……九センチメートルですね。動画で見た印象と、そう変わらない大きさです」

　本棚の奥行きは三十五センチメートルで、壁から張り出した柱はさらに前まで出ている。小梅は自分の肩幅を測ってみた。奥行きだけを考えれば、なんとか身を滑り込ませられることがわかった。ただし、柱と本棚の隙間幅が九センチメートルしかないことを除けばだが。

「すごく細い人ならいけるんでしょうか。それか、杉松がいってたみたいに、身体の柔らかい人……？」

　隙間の前に立って、小梅はなんとか自分が入り込めないか試してみた。二秒でわかった。無理だ。

　ふと見ると、天明屋は隣で張りだした柱を叩いていた。

「壁ドンですか？　それじゃ、隣の人には聞こえないと思いますよ」

　誤解している人も多いが、もともと壁ドンという言葉は壁の薄いアパートで隣人の騒音を注意する際に壁を叩く行為のことを指した新語だったのだ。少女漫画でヒーローがヒロインを壁に追いつめて腕をつくというのは、語感から派生した後発の意味づけにすぎない。

「このアパートのオーナーが誰か知りたいな。たしか、外に入居者募集の貼り紙があったね」

「そういえば」小梅は、入り口や近くの電柱に貼られていた入居者募集の貼り紙を思い出した。「あたし、外に出てもう一回確認してきますね」

「それから、このアパートの施工業者もね」

「はい」

この細い隙間に女性が住んでいるとは到底思えず、小梅はお手上げも同然であった。小梅は天明屋を部屋に置いて、さっさと玄関に向かった。

携帯電話のカメラ機能で貼り紙を撮ると、小梅はすぐに部屋に戻った。

「——貼り紙見てきましたよ。不動産仲介業者がわかりました。オーナーさんのこと、問い合わせたら教えてくれるかもしれません」

そう声をかけると、天明屋はつけっ放しになっている逸瀬のデスクトップパソコンを勝手に弄《いじ》っていた。

「先生、なに見てるんです」

「隙間女氏のデビュー動画だよ。ほら、この画面、見てごらん。カーテンが開いてるし部屋が暗いから、窓の向こうの景色がよく見える」

　画面をじっと見つめると、外灯の点いた電柱に看板が見えた。小梅は、思わず天明屋の手からマウスを奪って動画を拡大してみた。その看板の文字を目を凝《こ》らして読み取り、今撮ってきたばかりの携帯電話の写真と見比べる。

「二本目の和室の動画にも窓の外の風景は映ってたんだけど、映像はブレてるし映してる時間も短すぎてよくわからなかった。こっちのほうが有望だと思うんだが、どう?」

　しかし、小梅はがっくりと肩を落とした。

「……駄目ですね、ハズレです。この一本目の動画の貼り紙も入居者募集のものですけど、逸瀬さんのアパートの不動産仲介業者とは別のところみたいです。動画の部屋の手がかりが見つかったと思ったんですが」

　この逸瀬の物件の仲介業者は三葉《さんよう》マネジメントとなっているが、一件目の動画に映っている貼り紙の文字は満足ハウジングと読めた。

　腕組みをし、小梅は天明屋にいった。

「この会社についても一応調べてみます。もしかしたら、一件目の動画のお宅がどこかわかるかもしれません。難しいと思いますけど」

望み薄な上に時間もかかると予想されたが、小梅と天明屋が満足ハウジングを訪ねたのは、意外にもそれから三日後だった。

5

事前に調べた通り、満足ハウジングは地域密着型と呼ぶに相応《ふさわ》しい店で、駅から少し離れたオフィスビルの二階に店舗を構えていた。

松野《まつの》と名乗った担当者の男は、入ってきた二人の姿を見て、あからさまに眉をひそめた。

「島津《しまづ》コーポの二〇一号室を内覧ご希望でしたよね。あそこはお二人住まいはお断りしてるんですが……」

「いいえ、違うんです。この人はただの付き添いで、住むのはあたしだけです」首を振って小梅はいった。「これはあの、兄……のようなものです」

「これとはなんだ、これとは」

「いいから黙っててください」天明屋を制し、訝《いぶか》る松野に小梅は笑顔を向けた。「今住んでる家が広すぎまして、一人暮らしに合った部屋を探してるんです」

「なるほどですね。それで、島津コーポをご希望なんですね」

「ええ。相場よりもずいぶん家賃が安かったから……」小梅は、昨日確認したばかりの不動産の広告を思い出した。「あの、広告の備考に小さく米印で告知事項ありって書いてましたけど。あれってどういう意味なんですか？」

「ええ、そのことなんですが」松野が申し訳なさそうに頭を掻いた。「若いお嬢さんなら気になさるかもしれませんね。実はあの物件では、以前に自殺事件があったんですよ。だから、当社でも家賃のほうを格安で提示させてもらってるんです。もし気になるようでしたら、家賃は多少あがりますが似たようなお部屋が近くに――」

「いえ、これはそういうのを気にするような細い神経をしておりませんので、心配ご無用です。いいからさっさと島津コーポまで案内してください」

「先生っ」小声で天明屋を注意し、小梅は急いで悩むような顔を作った。「自殺ですか。なんとなく予想はしてたんですけど、やっぱりそういう事件があったんですね。たしかにちょっと怖いですけど、家賃の安さはやっぱり魅力だし……一度見せてもらってもいいですか」

「いいんですか？」

松野が、怪しむように小梅と天明屋を交互に見た。天明屋がにこやかに笑って頷いた。

「もちろんです。もし幽霊なんてものが出るなら、ぜひとも実際にこの目で見てみたい。

僕も彼女も、怖いもの知らずさにかけては自信があるんです」

満足ハウジングと社名の入った軽自動車に揺られ、十分後には小梅たちは目的の島津コーポへとやってきていた。どうやら逸瀬の住んでいるアパートの上をいく年代物のようで、錆《さび》の浮いた郵便受けが入り口すぐのところに並んでいた。もちろんエントランスなんていう洒落《しゃれ》たものはなく、通りからもずらりと並ぶ一階の部屋の扉がまる見えだった。

外側に備えつけられている階段を上ると、すぐに二〇一号室が見えた。この階段なら住人に見られることなく角部屋の二〇一号室の前までは辿り着けそうだが、中に入るには逸瀬の部屋同様なんらかの方法で鍵を入手する必要がある。

その鍵を開けた松野に、小梅と天明屋は中へと通された。室内の印象は、逸瀬宅に入った時と似ていた。

「ここも、外から見た感じよりも中は綺麗ですね」

それに広い。がらんとした部屋からは当然ながら家具はとっくに運び出され、隙間女の潜《ひそ》む場所があったかどうかはわからない。換気扇の横の張り出しといいやけに存在感のある大きな柱といい、壁はなんだかデコボコとして感じられた。

　すると、松野が、小梅の感想に手応《てごた》えありと感じたのか、愛想よく頷いた。

「ええ。もちろん隅々までリフォームとクリーニングをさせてもらいましたから。気持ちとして嫌でなかったら、かなりお得な物件と思いますよ」

　天明屋が部屋の構造を見ている横で、小梅は窓を開けて外の景色を確認してみた。たしかに窓からは電柱が見え、満足ハウジングの文字が縦に並ぶ入居者募集の細長い看板が見えた。

「先生」

　振り返ると、天明屋はまた柱や壁を叩いてまわっているところであった。天明屋を呼び寄せ、小梅は窓の外を指差した。

「あれ、あの動画の映像とおなじです」

「そうみたいだね」

　天明屋も同意のようで、来た甲斐があったと小梅は頷いた。それからもう一度部屋を見まわし、小梅は松野を見た。

「あの……、自殺された方ってどんな人だったんです?」

「そうですね……」表情を曇らせながら、松野は続けた。「わたくし共も物件の仲介をさせてもらっているだけですので詳しいことは存じ上げないのですが、お若い方でしたよ。

過労を苦に自殺されたと新聞の記事で読みました」

松野に小梅はさらに訊いた。

「ご遺体を見つけられた時は、連絡が入ったんですか」

「ええ、まあ……。わたくしの担当ですから、鍵を持って伺《うかが》いました。会社の方から、数日無断欠勤が続いて連絡も取れないとのご相談がありましたので……」当時のことを思い出したのか、松野は目を逸《そ》らした。「ですが、お祓いのほうも済ませてますし、ご心配はいらないかと思いますよ。こういう物件でもう一度事故が起こるということは、実際にはほとんどありません。お気に召したのなら、お得な物件には違いありませんのでお早い契約をお勧めします。案外、事故物件を狙って入居したがるお客さんも多いんですよ」

「あの、松野さんは亡くなった方のご家族や会社の方とまだ連絡は取ってますか？」

「はい？」

「いえ、なんでもないです」

このアパートの持ち主は別にいる。一介の賃借人の遺族と不動産仲介業者が今も連絡を取っているわけがなかった。すると、天明屋が訊いた。

「この建物のオーナーはどんな方なんです」

「ええ、ご年配のご婦人なんですが、なかなかご親切な方ですよ。このアパート、綺麗ですけれど築年数はありますからね。大掛かりな改修も最近入ったんですよ。ええと、去年だったかな」

松野はメモを広げた。今にも揉み手をして契約を進めてきそうな松野に『保留』と言い渡し、帰りは軽自動車には乗らず小梅と天明屋は島津コーポの前に残った。


満足ハウジングの軽自動車を見送ったあとで、天明屋が小梅を見た。

「たしかにこの島津コーポの二〇一号室が一本目の動画の部屋で間違いなさそうだ。それにしても、よくこんなに早く見つけられたね」

「ええ、満足ハウジングが小さな会社で助かりました」

あの日、逸瀬の部屋から帰ると、小梅はまず事故物件を集めたサイトを当たった。こうした事故物件を気にして避ける人は多い。自殺や事故などがあった物件をまとめて載せているウェブサイトがあるのだ。そこから満足ハウジングが仲介しているところが挙げられていないかを確認し、場所とだいたいの日時を絞り、さらにそこから当時の自殺記事の載っている新聞を調べたのだ。おそらく小梅が見た新聞記事は、先ほど松野がいっていたのとおなじものである。

小梅は、新聞のコピーを取り出した。

「自殺した方の名前は有村唯彦《ありむらただひこ》さん、当時二十四歳です。事件は今から半年ほど前、数日間会社に出社しておらず連絡も取れない有村さんを心配した同僚の方がこの部屋に来て発覚しています。新聞の見出しはこの通り、『過労自殺か?』となってますね」そこで言葉を切り、小梅は天明屋を見た。「たしかにこの有村さんは、工事会社勤務となってますね。社名はじゅんしんリフォームコーポレーション、彼は営業担当だったそうです。となると、その……建築業界従事者の家を渡り歩く隙間女の都市伝説の通りということになりますね」

「ふむ。いよいよ逸瀬君が心配になってきたな」

「杉松にボディーガードでもさせますか」

「こういう時に彼が役に立たないことは君の件で立証済みだ」

「そうでした」

小梅は肩を落とした。

ついこの間数年来の片想いをバッサリ断ち切られたばかりではなく命まで危険に晒《さら》されているかもしれないとは、逸瀬はどこまでツイていないのだろうか。自業自得からの天罰がここまで覿面《てきめん》に下った逸瀬に、小梅はわずかながら同情した。

「有村さんのご両親は今、彼を酷使《こくし》していた工事会社を告訴しようと準備しているらしいです。遺書はなかったようなんですけど、かなり非常識な勤務状況だったらしくて。お友達も多かったようで、ＳＮＳなんかでも証拠や証言集めの動きがあるみたいでした」

有村唯彦の人柄を説明した文章を読んで、小梅は唇を噛《か》んだ。『お年寄りに優しく、親切で明るい真面目な青年――』。どうしてこういう若者ばかりが食い物にされるのだろう。人の好《よ》さが原因だといわれればそれまでだが、やっぱり世の中間違っている。前途ある若者の命を犠牲にしてまで利益を追求する企業が野放しにされているなんて。

「ふーん」腕組みをして、天明屋はいった。「その自殺した男性の関係者に、逸瀬君と関わりがありそうな人間はいないのかな。隙間女がランダムに犠牲者を選んでいるなら、どうしようもないけど」

「逸瀬さんに訊いてみましょうか。今、かなり忙しくてしばらく家にも帰れてないみたいなんですけど」

「取り殺されるよりマシだろ。連絡してみて」

「わかりました」

そう頷いて携帯電話を見てみて、小梅は目を見開いた。新たな通知が入っていることに気がついたのだ。通知の内容を確認し、小梅は天明屋を見た。

「先生、見てください。例の動画に良識派のコメントをしていた方から返事がありました」

「ほんと?」

「はい。会ってくれるそうです。それも、今日このあとに」

6

彼が指定したのは、島津コーポの最寄りの駅前にあるファミレスだった。会社帰りに時間を取ってくれたという彼が汗まみれになって店内に入ってきたのは、六時をまわって少ししてからだった。

「白いシャツと、グレーのネクタイ……今度こそあの方ですかね」小梅は立ち上がって入店してきた男に近寄った。「どうも。あたし、月島という者なんですが」

実は、声をかけるのは彼が初めてではなかった。白いシャツとグレーのネクタイなんていうザックリとした特徴では会社帰りのサラリーマンから彼を見つけるのは至難の業《わざ》で、今店内にいる何人かに小梅はすでに相当不審がられている。だが、苦労の甲斐あって今度こそ当たりのようだった。

「ああ、どうも、初めまして。遅くなってしまってすみません、僕が高林《たかばやし》です」

「いえ、本当に来てくださってよかったです」

彼が実際に来るかどうか半信半疑だったのだ。ネット上で取りつけた約束など、当てになるかわからない。小梅はホッとして、高林を天明屋の座っている席へと招いた。

「突然連絡させていただいたのに、実際にお時間まで取っていただいて申し訳ありません。でも、友達が事件に巻き込まれてるかもしれないと思ったら、居ても立ってもいられなくて」

するると、高林はハンカチで額の汗を拭きながら深々と頭を下げた。

「とんでもないです。あの変な動画には、僕らも迷惑してますから。動画を見てすぐに有村の部屋だとわかって、投稿主に動画を消すようコメントを送ったんですけど、削除する様子がなくて困っていたんです。投稿してる人間をとっちめて削除してもらえたら、僕らも助かります」運ばれてきた冷水を、高林はグイッと飲み干した。「あんな心霊仕立ての動画なんかをネットに公開されてあることないこと噂されるなんて、死んだ有村だって本意じゃないでしょうよ。絶対に見逃せません」

あの隙間女の動画に不謹慎だと批判コメントを残していたこの高林は、死んだ有村唯彦の友人だったのだ。それも、小学校時代からの幼馴染《おさなじ》みだという。彼にコンタクトを取り、素性を名乗られた時は驚いた。

すると、それまで黙っていた天明屋が口を開いた。

「警察には？」

「いえ。まだ有村のご両親も大変な時期ですし、余計な心労をかけたくないんです。大事にはしたくなくて……」そこで言葉を切り、高林はこう続けた。「三件目の動画は、月島さんのお友達の部屋ということで間違いないんですか？」

もしやその部屋の主だろうかと、高林はどこか申し訳なさそうに天明屋を見た。無言のままコーヒーを啜《すす》る天明屋に、小梅は慌てて説明をつけた。

「この人は、その部屋に住んでる人の先生なんです。あたしも教わってるんですけど、こう見えてこの先生はすごい熱血講師で、教え子の窮地《きゅうち》は見すごせないってついてきてくれたんですよ。ね、天明屋先生」

実像から果てしなく離れた紹介をつけられ、天明屋は肩をすくめた。しかし、高林はそれを遺憾《いかん》の意と受け取ったのか、恐縮したようにまた頭を下げた。

「本当にすみません、ご迷惑をおかけして。まったくなんであんなことをしたんだか……」

考えられないとばかりに首を振った高林に、小梅は訊いた。

「あの、それで、不躾《ぶしつけ》な質問なんですけど、有村さんについて訊きたいんです。まさかとは思いますけど、あの動画の女性に心当たりがあったなんてお話、伺ったことはなかったですよね？」

「もちろんです。あんな女が部屋に入り込んでるなんて話聞いたこともありませんし、他の動画の部屋にも心当たりはありません」すぐにも高林は首を振った。「僕たちは一番の親友だったんです。なんでも打ち明け合っていました。もしそういう変なことで悩んでたとしたら、すぐに相談してくれたと思いますよ」

「でも、勤めている会社で異常なほどに酷使されていることは聞かされてなかった、と」

「先生っ」小梅は、天明屋の不用意な発言を急いで止めた。「すみません、失礼なことを……」

「いえ、本当のことですから」高林は、目を落とした。「僕らはたしかに親友でした。けど有村は、僕にひと言も相談してくれなかったんです。知ったのは、亡くなったあとでした。しばらく連絡をくれていなかったから変だとは思ってたんですけど、もっと早くに気づいていれば……」

　額の汗を押さえていたハンカチが、今度は高林の目元に当てられた。しばらく沈黙が流れ、やがて高林が顔をあげた。

「けど、今からでも有村のためにできることはあると信じてます。僕らは今、有村の勤めていた工事会社の違法性を追及しようと証拠集めをしてるところなんです。ご両親は過労死と労働基準法違反での訴訟の準備をなさっていますし、少しでも力になれればと思って」

ＳＮＳで、高林は実名で有村の死に関する情報集めを呼び掛けていた。ネット上では彼の行動は好意的に受け止められていて、応援するコメントや工事会社を批判するコメントもかなり寄せられていた。

「ＳＮＳを見せてもらいましたが、中心的に動いているのは主に高林さんでしたね。有村さんのご両親や親類の方はこの活動には参加してないようですが」

「ご両親には訴訟のほうに集中してもらおうと思ってます。有村と仲の良かった奴も何人か協力的に動いてくれてるんですけど、名前が表に出るところは自分がやると決めました」

「その仲間とか関係者の中で、今度の動画事件を起こしそうな心当たりは？」

「いいえ……。すみません、全然心当たりはないんです」残念そうに高林は首を振った。

「仲間の誰かがやってるとしたら、なんとしてでも止めてやりますよ。こんなことしてたら、ますます有村が浮かばれないって」

　大変な状況にいる高林を質問攻めにするのは申し訳なかったが、ここまで来て具体的なことを訊かずに帰るわけにはいかない。小梅は、高林に尋ねた。

「有村さんのご家族とか仲の良いご親戚《しんせき》、ご友人のお名前をお訊きしておいてもいいですか？　三本目の動画の部屋に住んでる友達に、知ってる人がいないか訊きたいんです」目を見開いた高林に、小梅は急いで手を振った。「申し訳ありません。疑ってるわけじゃないんですけど」

　それから言葉を切って、小梅は高林を見た。

「でも、あたしの友達の部屋に入り込むなら鍵が必要ですよね。やっぱり顔見知りがなんらかの方法で友達の鍵を盗んだかコピーしたっていうのが一番ありそうなので、友達にも確認しておきたいんです」

「当然だと思います」そういってから、高林は携帯電話を取り出した。「まずは有村の家族ですね。ご両親の他に修平《しゅうへい》君という弟が一人います。それから歳《とし》の近い従姉妹《いとこ》もいて、名前はなんだったかな。昔はみんなでよく遊んで……」

　名前を挙げていく高林に、小梅は首を傾げた。ＳＮＳを見て、有村に弟がいることはわかっていた。だが、弟は訴訟にも情報収集にもいっさい活動している様子はない。

「あの、有村さんの弟さんって、今はなにをしていらっしゃるんですか」

「ああ、しばらく前に会った時にはフリーターをしてて、アルバイト先を転々としてたみたいですけど。実は、何年か前に有村と大喧嘩《おおげんか》して家を飛び出して以来、実家には帰ってないらしいんです。今はどこにいるかもわからないから、なんとか連絡を取ろうと思ってるんですけど、携帯もほとんど電源を入れてないらしくてどうしようもないんです。ご両親も心配してるし大変な状況だから、無事だってことだけでも知らせてほしいんですが……」

ため息をついた高林に、小梅は訊いた。

「それじゃ、お通夜とお葬式にもいらっしゃらなかったんですか？」

「顔も見せませんでしたよ。墓参りにも来てないんじゃないでしょうか。俺も月命日は顔を見せに行ってるし、ご両親は今も毎日行ってるみたいですけど、誰か来た様子もないって。有村は弟とはよく派手な喧嘩をしてたけど、心配もしてました。なんでもいいから早く両親を安心させてほしいって」

頭を掻いて、高林はそういった。どうやら有村家に関する憂《うれ》いごとは、この事件だけではないらしい。小梅は、申し訳なく思いながらも高林に先を促した。

「それじゃ、他に高林さんと一緒に動いてくださっているご友人のお名前もお願いします」

7

小梅がようやく死人みたいな顔をした逸瀬を捕まえることができたのは、高林と会った次の日のことだった。グッタリとしている逸瀬から話を聞きだし終わると、小梅はすぐに天明屋のいる講師室へと向かった。

開きっ放しのドアから入ると、ちょうど天明屋が電話を切るところだった。顔をあげた天明屋に、小梅はこう声をかけた。

「逸瀬さんと話してきましたよ、天明屋先生」

「どうだった……と訊くまでもなさそうだね。その顔を見ると」

「やっぱり、有村さんの親しい関係者の中に知っている人はいないそうです。そもそも、偽名を使われちゃってたらアウトなんですけど」またも手掛かりがなくなり、小梅は肩を落とした。「逸瀬さんと有村さんと、まだどこかわからない二件目の動画の部屋、三つの部屋の鍵を手に入れた方法さえわかれば、犯人もわかると思ったんですが……」

「こういうのはどうだい。犯人はピッキングの達人で、どんな部屋の鍵でもピン一つで簡単に開けることができる」

小梅はぎょっとした。そんな空き巣の常習みたいな犯人なら、突き止めようがない。ある意味ホラーや都市伝説より怖い。犯人が犯罪のプロだとしたら、今の弱りきった逸瀬ならばあっさり手にかけられてしまうかもしれない。

「なにか盗まれたとかはないみたいですけど。高林さんは躊躇《ちゅうちょ》してるみたいでしたが……。とり返しのつかない事態になる前に、逸瀬さんにちゃんと警察に通報するよう勧めてみましょうか」

忙しいからと、逸瀬は警察に行く手間すら惜しんでいる。正常な判断力さえ鈍っている感じだが、あの様子なら実はこっそり人気動画投稿主を狙っているという可能性はまずあるまい。それに、警察ならば、小梅たちがこれまで調べた情報をなにかに役立ててくれるかもしれない。

すると、天明屋が、唇の端を片方持ち上げていった。

「いや、まだ僕らにもできることがあるかもしれないよ」

そういうと、天明屋は今しがた切ったばかりの電話先について小梅に教えた。天明屋の説明した内容に、小梅は目を瞬《またた》いて天明屋に詰め寄った。

「えっ、それ、本当ですか⁉　先生」

にこりと笑って頷き、天明屋は続けた。

「二本目の動画の部屋がどこかはまだわかっていないが、逸瀬君と有村唯彦さんの接点が摑めない以上、今ある情報から推理するしかない。なら、逸瀬君と有村さん同様、彼らと関わりのない赤の他人の部屋と仮定して考えてみるべきだ。とすると、犯人は三件の他人の部屋の鍵を手に入れ、あんな動画を撮影できたということになる。そうなると、方法は限られてくるだろう？　まあ、一つ目で当たって助かった」

「は……、はい」

天明屋の論拠に納得して頷いたが、それでも小梅は、自分ではこんなに早くには絶対に気づかないと思った。彼はバルセロナ・チェアから立ち上がり、まだ唖然《あぜん》としている小梅にこういった。

「とりあえず行ってみようじゃないか、逸瀬君の部屋の仲介をしてる業者のほうにも」

三葉マネジメントの小奇麗なオフィスに小梅が顔を出したのは、それから三時間後のことだった。満足ハウジングとは対照的に明るい一階の店舗に白いカウンターが並び、すぐにも冷たい飲み物が出てきた。

「一人暮らし用のお部屋をお探しですか？」

佐々木《ささき》と名乗ったにこやかな担当者に尋ねられ、小梅は小首を傾げた。なにをいえばいいのか迷って、逸瀬の部屋のことをとりあえず訊いてみようと、こういう。

「ええ、あたしの一人暮らし用の部屋を探してるんです。ワンルームで、部屋は六畳より少し広めがよくて、築年数は古くても大丈夫なんですけど、最寄り駅は……」

条件をあげていると、佐々木は「なるほど」といった。

「では、ご希望に添いそうな物件をピックアップしてきましょう」

「あ、その前に」小梅は、佐々木の後ろを見た。というか、入店時からずっとそちらばかりを見ている。「あの、有村さんを呼んでもらえますか。ちょっと用事がありまして」

「かしこまりました。おい有村、ちょっとこっち来い」

天明屋の予想が当たった。奥で気怠《けだる》そうにデスクに向かっていた茶髪の若者が顔をあげた。彼と目が合うのと前後して、佐々木がこういう。「あれ、でもなんでうちの有村をご存じなんですか？」

怪訝な顔をしている佐々木を尻目に、会話を聞いた有村と呼ばれた若者が立ち上がった。結構大柄だと思う間もなく、彼は一目散に逃げ出した。

「あっ、ちょっと！」小梅は許可も取らずにカウンターを乗り越えると、裏口から店舗を飛び出した男のあとを追った。「待ってください、有村さん‼」

だが、小梅が裏口に駆け込む前に、すぐに短い悲鳴が聞こえてきた。「でっ……！」

続いて、ガシャガシャとなにかがぶつかり合う大きな音が響いてきた。積み上げられたビール瓶を入れるプラスチックケースが絡みあって倒れるところであった。ビール瓶は抜いておいたから、重さのない空のプラスチックケースはなし崩しに倒れ、その合間にあの大柄な若者が埋もれている。

「おお、みごとトラップ成功だね。彼の選んだ逃げ道が、この裏口でよかった」呑気《のんき》にそう言いながら路地の先から出てきたのは、天明屋だ。「表から逃げてたら僕が捕まえなきゃいけないからどうしようかと思ってたんだ。とりあえず悲鳴をあげてお巡りさんを呼ぶ準備はしてたんだけど」

「そうならなくてよかったです」

三葉マネジメントに入る前に、小梅と天明屋は万一に備えて逃走経路を予想し罠を張ることにしたのだ。隣のビルに入っている居酒屋に頼み込んでビール瓶を入れるプラスチックケースを借り、さらに路地の先には無断駐輪されていたステッカーつきのボロ自転車をいくつか置いてバリケードを作った。主に小梅が。

有村青年はまだ逃げようともがいていたが、焦っているのかプラスチックケースに阻《はば》まれてまた転んでしまった。

「往生際が悪いな、無駄な抵抗はやめなさい。ほら、三葉マネジメントのみなさんも出てきたよ」

天明屋の言葉通り、小梅に続いて裏口からは三葉マネジメントの従業員たちが次々に出てきた。

「有村君、突然どうしたっていうんだ⁉　それに、あなた方はいったい……」

焦った様子でこちらを見た佐々木に、天明屋が長閑《のどか》にこういった。

「この有村君とは、ネットを通じた知人でしてね」それから、天明屋は肩をすくめた。

「それにしてもここの会社は、ちょっとコンプライアンス上の問題があるようですね。残念ですが、社員の素行はアルバイトでもきちんと調べておくべきだと思いますよ」

「はぁ……?」

呆気《あっけ》に取られる佐々木を尻目に小梅がしっかりと有村の腕を掴むと、ようやく有村は観念したように小さくなった。有村の腕には、アーティスティックなタトゥーが彫られていた。


三葉マネジメントの応接スペースを借りて、小梅と天明屋は有村と向かい合っていた。パーテーションの向こうには、佐々木たち三葉マネジメントの従業員が控えている。どうやら直《じき》に責任者が到着するらしい。

「——さて、君は有村唯彦さんの弟の有村修平君だね。あのおかしなホラー動画をネットに投稿したのは、君なんだろう?」

俯いたまま、有村修平は頷いた。

「はい……。けど、どうして俺だってわかったんです? それに、この三葉マネジメントで働いてること、誰にもいってなかったのに……」

「まあ、君だと思った理由についてはあとで説明するけど。ここで働いてるんじゃないかと思った根拠については、消去法だよ。目当ての部屋になんとしても入りたい。だが、住人と面識がない。――となるとまず思いつくのは、住人と親しい友人になって中に入れてもらうという手段だけど、今回の場合その線はなかった。なら、鍵を確実に持っている住人以外の人間を犯人は狙ったのだということになる」

「それで、不動産仲介業者ですか……」

小梅は、あらためて修平を見た。修平は、がっくりと肩を落としている。

不動産仲介業者の他に、アパートのオーナーももちろん鍵を持っているだろうが、オーナーの所在を調べて近づき持ち物件の鍵を借りるなんてことは、住人と友人になるより遙《はる》かに難しいに違いない。

「満足ハウジングに問い合わせたら、有村修平という人間がつい最近まで働いていたとわかったんだ。不動産仲介業者から鍵を盗むという手段を使っているなら、この三葉マネジメントにもまだいる可能性は十分あると思っていた」天明屋は、懐《ふところ》から何枚かの書類を取り出した。「三葉マネジメントは他にもまだ、じゅんしんリフォームコーポレーションが耐震改修を担当した物件をいくつか扱ってるみたいだから」

「……」

黙りこんでいる修平の前に、天明屋は取り出した書類をずらりと並べてみせた。そこには、たくさんの物件名が一覧になって記載されていた。

「逸瀬君の部屋を見てすぐにわかった。あのアパートは、悪質な耐震補強の手抜き工事が行われている」それから、天明屋は修平に同情するような目を向けた。「有村唯彦さんが勤めていたこの工事会社は、手抜き工事を繰り返す悪徳業者だったんだね」

これが、この三葉マネジメントに来る前、講師室で天明屋から聞かされた内容であった。

地震大国である日本では、建築構造において耐震強度を軽視することはできない。耐震基準が一九八一年に改正され、古い建物は耐震改修を行うことが推奨《すいしょう》されている。古い建物の持ち主に老人が多いのをいいことに、無理な営業をしたり勝手な契約を結んだり、——あるいは手抜き改修をする悪徳業者はあとを絶たない。

この話は、小梅もテレビのニュースで聞いたことがあった。手抜きの耐震改修をしては報酬を奪い取る悪徳業者が社会問題となっている——自殺した有村唯彦が勤めていたのは、そんな悪徳業者の一つだったのだ。

「逸瀬君の部屋のあの不自然に張り出した柱、あれが有村さんの勤めていた工事会社が行った耐震改修をした箇所だね。柱を補強して耐震強度をあげたように見せているけど、中身はハリボテだ。ただ大きなカバーを被せているだけなのは、叩いて音を聞いたらすぐにわかったよ。それに、君がカバーを外した跡も残ってた」

「はい……」項垂《うなだ》れたまま、修平はいった。「兄貴から聞いていたんです。じゅんしんリフォームコーポレーションでは、柱にカバーを被せて補強したふりをするのがセオリーだって」

「それで、あの隙間女のホラー動画を撮ることを思いついたのかい」

「俺、高校時代に趣味で映像加工をやってたことがあって。だから、あのハリボテの柱を仕掛けに使ってホラー動画をアップしたら、きっと話題になると思ったんです」

「誰と一緒に撮ったの？　動画に映ってた女性は君じゃないでしょ」

「従姉妹に頼んであの白い衣装着せて、カメラをまわさせて柱のカバーから出て部屋をぐるっと撮らせたんです。従姉妹も兄貴の死にはすごくショックを受けてたから、快《こころよ》く協力してくれました」

「短い動画なのに、カメラが不自然に部屋を映してまわってたからね。その間に、別の誰かが彼女が出てきたスペースになにかしらの仕掛けをしてるということは、動画を見てすぐに察しがついた」そこで言葉を切り、天明屋は続けた。「もう一つ、部屋の様子をすべて映したのには理由がある。というかそれが、カメラが部屋を一周した本当の理由だ」

「柱の不自然な張り出しを映したかったんですね」小梅は頷いた。

「そう。動画を見た人間に、部屋に不自然な耐震改修の跡があることを見抜かせるためだ」

「何部屋もおなじような動画をあげてれば、いつか誰かが部屋の共通点に気づいてくれると思ってました。まさか、こんなに早くばれるとは思ってませんでしたけど……」修平は、唇を嚙みしめた。「あの日、僕は親が来るより先に兄の部屋に着いたんです。兄の遺体を見た時、なにもできなかった自分が許せなかった。兄が悩んでいたのは知っていたのに……。だから、今度のことを思いついたんです。首を吊っていた兄を下ろす前に兄の足を写真に撮って、部屋の鍵を盗んで……その場に居合わせた兄の同僚には、止められましたけど」

じゅんしんリフォームコーポレーションが耐震改修を行った数多くの物件を使ってホラー動画を投稿して、世間で話題になるよう仕向けるつもりだったと彼は語った。

「だって、ただ違法労働や悪徳改修で訴えたってすぐにマスコミは取り上げなくなるでしょ。兄貴の死が簡単には忘れられないように、そして無駄にならないように、動画に兄の足の画像を入れ込みました。周到な準備をしてから兄貴の会社を告発したかったんです」

「――だからって、そのために君まで犯罪者になるんじゃ意味ないだろ」

ふいにそう声がかかり、小梅はハッと目を見開いた。振り返ると、そこにはいつかのように汗まみれになって息を切らせた高林が立っていた。弾かれたように、修平が顔をあげた。

「高林さん……」

「天明屋先生、月島さん、ご迷惑をおかけして本当に申し訳ございませんでした!!」

あの日よりもさらに深く、高林は頭を下げた。一緒に修平の頭も強引に下げさせる。

彼を呼んだのは小梅だった。天明屋に頼まれ、修平を発見して捕まえたあと、すぐに彼の会社に連絡を入れたのだ。

小梅は、頭を下げた高林にいった。

「逸瀬《ともだち》が死ぬことはないってわかりましたから、あたしたちは別に大丈夫です。頭をあげてください」

「それに、高林さんのおかげで彼が怪しいとわかったようなものだしね」肩をすくめて、天明屋がいった。「高林さんから話を聞いた時、あなたは犯人に憤《いきどお》るべき立場のはずなのに、僕らに迷惑をかけて悪かったと謝ったでしょう。まるで、犯人が身内かのような言いぶりだった。だからあなたは犯人を知ってるんじゃないかと気がついたんです」

「面目ありません」

目を落とした高林に、天明屋は苦笑した。

「わざとでしょう?」息を呑んだ高林に、天明屋は続けた。「ずいぶん強調するようにいっていたから、僕らに修平君の手がかりを摑んでほしいんだろうなとは察してましたよ。修平君がどこにいるかわからないというのだけは、本当だったんですね」

「す、すみません……」

高林の謝罪からは、先ほどの気迫は消えていた。肩を落とし、またどこか胸を撫で下ろしたような高林に、天明屋はいった。

「まあ、どの道僕らも修平君を捜しだす気ではいましたし、最初から有村唯彦さんの身内が怪しいとは思っていましたから。修平君の投稿したあの動画、一番出来がよかったのは最初の有村さんのお宅だったでしょう。あれはおそらく、有村さんに近しい人間が犯人だからできたのだろうなとは、すぐに予想がつきましたから」

修平は、最初の動画である有村唯彦宅での動画は何度も撮り直して試行錯誤《さくご》することができたのだ。二本目の動画の出来が悪かったのは、初めて不法侵入した部屋での撮影だったからであり、三本目の逸瀬宅で多少は要領を摑んで出来がよくなっていたために動画視聴者の評価もあがった。

観念したように、高林は天明屋にいった。

「あの時、全部話さなくて申し訳ありませんでした。けど、有村のためにも、どうしても修平君が警察に逮捕されるようなことにはしたくなかったんです」

高林の言葉に、修平は深く項垂れている。

「何度も説得したんですが、止めるどころか僕からの電話にも出なくなって。あの動画サイトの運営に通報して動画を削除してもらおうかとも思ったんですが、犯罪動画とわかれば警察沙汰《ざた》は免《まぬが》れないでしょう。だから、僕自身もどうしたらいいかわからなくなってたんです」

深々と息を吐き出し、高林は続けた。

「あの時の先生のご指摘も、合ってます。あとになって修平君から聞いたんですが、有村はずっと営業として悪質な手抜き工事をお年寄りに売り込むことを悩んでいたそうなんです。悪質な改修をした部屋にわざわざ住んで、少しでも迷惑する人を減らそうと思ってたらしいんですけど、そんなの欺瞞《ぎまん》だってやっぱり苦しんで。けど、自分も犯罪に加担してる身だから、誰にも――僕にも相談できなかったみたいです」

するとと、修平が懐から封筒を差し出した。

「兄貴の遺書です。兄貴を発見した同僚の人が、あとになってこっそり俺に渡してくれたんです。上司の奴らに原本は取り上げられてしまったらしいんですけど、その人はコピーを取ってくれてて、どうしても捨てられなかったって。中には、あの工事会社の違法性を訴える内容が書いてあります。兄貴の命懸けの告発も、あの会社の連中は握り潰《つぶ》そうとしたんです。だから俺、ますます許せなくて……」

そこで、パーテーションの外が騒がしくなった。バタバタと歩きまわる音やなにごとかを話す声が隠す様子もなく聞こえてくる。

「……どうやら、ここの責任者とやらが来たようだね」パーテーションの向こうを窺《うかが》って、天明屋がいった。「警察沙汰を免れるというのは難しいかもしれないが、それでも修平君、君の目的は果たされたといえるんじゃないかな。隙間女の噂は一人歩きをして、もう十分ネットで大事になっている。世間はきっと、君のお兄さんが命を懸けて告発しようとした内容がどういうものなのか、しっかりと受け止めてくれるよ」

そう諭《さと》され、修平は唇を嚙みしめて頷いた。それまで黙っていた小梅は、外の声を聞いて動揺している高林に小さな声でこういった。

「修平さんが警察に捕まれば有村さんは悲しむかもしれません。けど、有村さんが命を懸けてまでやりたかったことは違法工事会社の摘発でしょう？　その目的を弟の修平さんが果たしたと言えるんじゃないでしょうか」

「ま、裁判になっても彼には情状《じょうじょう》酌量《しゃくりょう》の余地しかないでしょうしね」さらりとつけ足して、天明屋は修平を見た。「なんにしても、彼が兄の死を悼《いた》む心は本物ですよ、高林さん」

外の騒ぎに、項垂れていたはずの修平は、すっと背筋を伸ばして立ち上がった。その姿を見て、高林はただ、「はい」とだけ呟いた。

8

新聞に載った事件の記事を読み、小梅はバルセロナ・チェアに座る天明屋にこういった。

「二本目の動画の部屋、見つかったみたいです。満足ハウジングが仲介した部屋で、例の悪徳業者が違法改修に入ってたそうですよ」

「最初からいつ捕まってもいいと思ってたみたいだからね、彼は。なかなか度胸があるし、動画投稿サイトの肝《きも》を理解してるよ。どんな動画が受けるかよくわかってる。彼には案外、エンターテイナーの才能があるんじゃないかな」

たしかに、キワモノ好きな企業ならどこか拾ってくれそうな気もする。映像加工が趣味といっていたから、案外嗜好も適性も合うかもしれない。ちょっと息を吐き、小梅は天明屋を見た。

「……先生の意見を聞いて少しだけ気持ちが晴れました。あと味の悪い事件でしたけど」

「まあ、執行猶予《ゆうよ》が付いたとしても犯罪歴のある彼が就職できるとしたら、よっぽどチャレンジ精神旺盛《おうせい》な会社じゃないと無理だろうけどね」

「ちょっと！　あっさり夢をぶち壊すようなことといわないでくださいよ」

「現実ってのは君ら学生が思うよりも厳しいんだよ。いつだって理不尽で不公平で報われないもんさ」

けらけらと笑っていった天明屋に、小梅は新聞を投げつけてやろうかと思ったが、途中でやめた。

「……先生って、本当に素直じゃないんですね。まあいいですけど」

「ん？　なんか言ったかい」

「いえ、別に」

小梅は、窓の外を見た。蟬がじいじいと鳴いている。まだまだ夏は、始まったばかりだ。

窓の外から目を戻し、ふと小梅は呟いた。

「……それにしても、建築業界従事者限定の隙間女の都市伝説って、もとはどこから出てきたんでしょうね。修平さんは、建築業界従事者の住む部屋だけを狙ってあの動画を撮ってたわけじゃないから違うでしょうし。都市伝説好きの人が考えた、フィクションだったのかなあ」

逸瀬はその夜、久しぶりに自分の部屋へと帰ってきていた。

小梅から話を聞く限り、あの面倒な動画騒ぎはなんとか解決したようで、逸瀬はようやく自宅で安心して休めると思った。

郵便受けに溜まりに溜まった請求書の山を見ると、逸瀬はわずかに眉をひそめた。家にほとんど帰らなかった割に、光熱費や水道代の請求額がやけに高い気がした。

久しぶりに入った部屋にも違和感があった。

家具の配置は、これで合っていただろうか。どこかがわずかずつ変わっている気がする。けれど、部屋を出る前の写真など撮ってはいない。確証はなかった。

睡眠不足で重い頭で、逸瀬は部屋の中を点検した。

誰もいない。

最後に膝《ひざ》をついてベッドの下を覗いて、逸瀬は顔をしかめた。

ＤＶＤの山は脇に退《の》けられている。そして、できた隙間には――見たこともない長い女の髪の毛が落ちていた。

第四話　怠惰な天才

1

窓の外のアスファルトが陽炎《かげろう》に揺らぎ、まるで地面から湯気でも立っているかのような夏真っ盛りのある日のことだった。

天明屋空将建築設計事務所《てんみようやたかと》にかけられた強力な冷房の風を受けていると、外のうだるような暑ささえ少し恋しい。冷風から逃げ、小梅《こうめ》は応接用のガラステーブルの上で勉強をしていた。今日も仕事はない。

「はい、天明屋空将建築設計事務所です」

なんて具合に、ごく稀《まれ》に鳴る電話に元気よく出ても、だいたいはインターネット環境整備のご説明かＯＡ機器の営業の電話である。この手の業者にはいったい何度面倒くさい思いをさせられたことか。

結局、いつも事務所に来ても転部のための勉強をしているだけなのだが、それなりに時給は貰っているため少々罪悪感がある。小梅は、ちらりと天明屋を見た。

「天明屋先生。そろそろ本格的に設計の仕事を始めたらどうですか？　夏休みで大学の講義もなくて暇なのに、いつまで遊んでるつもりなんですか」

開業からかなり経つのに、オフィスにはまだ段ボールがゴチャゴチャと残っていた。その中に埋もれるようにして、天明屋は表紙にアルファベットのタイトルが印字された建築雑誌を読んでいる。

「だって、仕事がないんだもの」

「それは先生がいちいち注文つけるからでしょ。仕事を受注する側なのに、お客にケチつけてどうするんですか」

応接スペースだけは小梅が整理したが、このガラステーブルで何度客人が怒って帰ったかしれない。そのうち一件でも受けていれば、他の仕事も来るようにはなっただろうに。

「これじゃ、事務所の維持費がどんどん無駄になってますよ。あたしのお給料と家賃と、それから通信費に光熱費……」

ブツブツと月々にかかる経費を計算していると、天明屋が手に持った雑誌を眺めたまま笑った。

「大丈夫だよ。ここを維持できそうになくなったら、まず君をクビにするから」

「……」

「冗談だ。仕事がなくたって、君を養うくらいの財力はある。安心しなさい。とにかく、ここにいる限り温《ぬる》～く働いてれば文句はいわないから。余計な心配してると禿《は》げるよ」

「えっ」

慌てて小梅は頭を押さえた。一応今のところフサフサだが、猫柳《ねこやなぎ》騒動の時はストレスで禿げるかと思ったことがあるのだ。触診の結果、とりあえずは髪の密度に問題はないらしく、小梅はほっと安堵《あんど》した。

すると、天明屋がふいにこういった。

「――そうだ。君がそんなに余計な心配をしてしまうというのなら、他のことを考えられるように一つ問題を出そうじゃないか」そういって、ようやく天明屋は小梅を見た。「椅子についての問題だ。君は椅子というものについて、深く考えたことはあるかい」

「え？　椅子ですか」

小梅は目を瞬《またた》いた。今座っているのは、あのコルビジェがデザインしたスリング・チェアである。ガラステーブルの上には、ノートパソコンと小梅の持ち込んだテキスト類が並んで載っている。

きょとんとして自分の座っている椅子を眺める小梅に、天明屋が立ち上がった。

天明屋は、そこらに散らばっているスチレンボード板や模型用の小さな角棒を手早く集めて、ガラステーブルの上に並べた。そして、カッター台を取り出して器用に形を切り分けていく。

「一般的に、椅子には四本の脚があるね。今、君が座っているスリング・チェアのように」

天明屋は、四本の細い角棒を四隅に立てて上にスチレンボードの板を置いてみせた。これが一般的な椅子の模型ということらしい。あっという間にできた素朴な椅子の姿に、小梅は首を傾《かし》げた。

「そうですね。小学校から高校まで、ずっと四本脚の椅子でした」

茶色といおうかベージュといおうか、使いまわされ傷や文字の刻まれた、あの揃《そろ》いの机と椅子の色を小梅は思い出した。

「そう。だが、椅子の脚はたとえ三本でも面を作り、座ることができるんだ」そういうと、天明屋は椅子の脚を一本減らして平面を三角形に切った。「ほら、この通りね」

目を皿のようにして、小梅は天明屋がもう一度手を加えた小さな椅子を見た。たしかに、脚が一本抜かれ、三本になってもスチレンボード板は安定している。三本の脚が三角形の面を作り、スチレンボード板を支えているのだ。

小梅が理解したことを悟《さと》ると、天明屋はにやりと笑ってこう続けた。

「では、脚三本の椅子と四本の椅子では、どちらが安定すると思う？」

「……」小梅は首を捻《ひね》った。「構造の問題なんですか、これ」

「数学の問題ともいえる。ちなみにノーベル賞を獲《と》ったかの科学者も、この問題に初めて出会った時は答えを出すのに手間取ったそうだよ」そういってから、天明屋はまたソファへと戻った。「答えは今すぐじゃなくていい。わかったら教えてくれ。これがうちのオープンデスクとしての君の初仕事だ」

「はぁ……」

腕組みをして、小梅は考え始めた。

たしかに、三本の細い角棒はスチレンボード板を支えているが、さらにここに人が座っても座面を保つことができるのだろうか――。

小梅はすぐに結論を出した。可能だ。そもそも、三本脚の椅子自体、小梅もどこかで見たことがあった。

ふと見れば、また天明屋はアルファベットの並ぶ建築雑誌を読みふけり、自分の世界に没頭している。人として社会に微力ながら貢献したいというのは、残念ながら凡人の考えなのかもしれない。彼は、自らの才能や時間を空費することになんの疑問も持ってはいないようだった。

一向に働く気配のない天明屋に、小梅は息をついた。そして、ただの助手としてではなく、初めてオープンデスクとして与えられた仕事へと取り掛かった。

2

八月も終わりに近いその日は、変な天気で始まった。台風の連れてきた低気圧が関東地方にくすぶり、夏らしくない冷たい長雨が降り続いていた。

雨に濡れた傘を畳むと、傘の先から次から次へと水が滴《したた》り落ちた。

土砂降りまではいかないが、大雨には変わりない。このくらいの雨が一番困る。もっと降っていればそう時を置かず止むだろうと待つこともできるが、今日の雨はしばらく息切れしそうになかった。

夏季休暇のがらんとした大学の図書館で本を返したあと、ついでにと天明屋の講師室に向かっていると、廊下の向こうで誰かがギャンギャン喚《わめ》く甲高い声が聞こえてきた。

廊下の先には天明屋の背があった。

向かいに立っているのは、縁なし眼鏡をかけた小兵《こひょう》の紳士だ。彼は、飛び跳ねるようにして長身の天明屋に詰め寄った。

「――とにかく、だ。今回のコンペは、おまえのために行われるようなものなんだ！　施主は宗教法人で、金が有り余ってる。おまえがやりたいようにやらせてくれるぞ。これは国内で実績を作るいいチャンスなんだ、いい加減遊んでばかりいないでちゃんと設計をしろ。でないと、おまえを拾ってやった俺の立場がないぞ」

見た目の割に若い喋《しゃべ》りの中年男を見て、小梅はハッとした。

夏季休暇中に大学内で行われる彼の講演会の申し込みに、小梅は今日大学へやってきたのだ。インテリめいた縁なし眼鏡に、限りなく薄い白髪をカッチリと七三分けにしたその髪型。それは、工学部建築学科教授――加古川憲男《かこがわのりお》であった。

転部を志《こころざ》してから知ったことだが、この加古川教授はこう見えて建築業界では知られた存在らしい。大学以外でも各地の講演会に招かれているし、テレビでコメンテーターとして有名司会者の横に座っているところも一度だけ見たことがあった。

どんどん白熱していく加古川教授とは対照的に、天明屋はいかにも気のない顔で彼の話を聞いている。

「加古川さん。そうはいいますがね、講師だって十分立派な仕事でしょ。未来ある日本の若者を教育指導する。これは、建築家として国内に残せるれっきとした実績だ。最近僕はこの仕事に生涯の生きがいを見出しつつあるんです」

大嘘だ。

天明屋が自らの講義に手を抜き倒していることは、建築学科生の間でも有名な事実である。それでも彼の講義を取りたがる学生があとを絶たず、ますます天明屋が手を抜く悪循環すら生まれつつあった。

もちろん加古川教授もそれは見抜いており、透《す》け感溢れる頭に太い血管をいくつも盛り上がらせた。

「減らず口を叩くんじゃないっ。とにかく、おまえのデザインなら、無記名でも俺はひと目見ればすぐにわかる。俺が他の審査員を説得してゴリ押しして通してやるから、コンペに設計を出すだけ出すんだ！　わかったな⁉」

出来レースだ。

紛《まご》うことなき、出来レースだ。

こんなところで出来レースの段取り会議を大っぴらに行うとは、いったい彼らの常識はどうなっているのか。聞こえなかったふりを決めこんで、小梅は目を逸《そ》らして無駄《むだ》に壁の貼り紙を眺めた。

どうやら話が終わったらしい。古典的なカーキ色のスタンドカラーシャツに身を包んだ加古川教授が、襟《えり》を正してずんずん歩いてきた。小梅が会釈をすると優雅にそれを返したが、とくに焦った様子も見せなかった。一見すると上品で優しげな紳士なのに、中身は瞬間湯沸かし器だ。あの年代の知識人はそんな人ばかりだなと小梅は思った。

加古川教授の背を見送ると、小梅は講師室に入った天明屋を追った。

「天明屋先生!」さっさとバルセロナ・チェアに座った天明屋の背に、小梅は訊《き》いた。

「コンペに応募するって、本当ですか?」

「なんだ、聞いてたの。盗み聞きは感心しないな……」

面倒そうに、天明屋は目を瞑《つむ》った。小梅は思わず手を振った。

「廊下中に響き渡っていましたよ。それからその……、ついでにいえば、コンペなのに出来レースだってことまで」

コンペとはつまりコンペティション、競技会のことを指す。大きな建築計画が立ち上がった際に、設計を選ぶために行われるもので、無記名による応募が一般的らしい。審査員は応募された諸作品の中から相応《ふさわ》しい設計を選び、建築家を決める。その審査員が最初から通す建築家を決めていては、出来レースという以外に呼びようがない。

「大丈夫だよ、安心して。僕はコンペに応募する気はないから」

ことをなげに天明屋は首を振った。それはそれで複雑で、小梅は天明屋を見た。

「けど、せっかく日本で大きな仕事をするチャンスなんでしょう。加古川教授のお話では、いつもネックになってる資金面の問題や施主さんのご要望も少ない先生好みの案件なようですし」少し躊躇《ためら》いはあったが意を決し、小梅は汚れたオトナに魂を売ることにした。

「もし本当に応募するなら、あたし、一生懸命先生のサポートをします。あんなに熱心にいってくれてるのに、加古川教授を裏切ったら可哀相《かわいそう》ですよ。ここは加古川教授の期待に応《こた》えましょうよ、ね」

「うんうん、ありがとう。君は親切だね」気のない返事をして、天明屋は目元に本を被せた。「加古川さんは言いだしたら聞かない人だから、やってるふりくらいはするつもりだよ。今回こそは、設計《ほんぎょう》のエスキスというわけだ。君は口裏合わせよろしくね、月島《つきしま》さん」

そういう協力じゃない。

そう思ったが、もう天明屋は眠りこんでしまった。

大雨の音が、ザアザアとうるさく聞こえ始めた。

寝ようと思った時に即刻寝られるというのも、建築業界従事者たちの特技の一つらしい。なんでも、寝られる時に寝なければ次いつそんなチャンスがまわってくるかわからないとかなんとか。そんなブラックが浸透しきった業界の慣習を、喜んでいいのか悲しんでいいのか——それでもこの業界こそが人々の暮らす居住を作り出す、小梅が憧れ目指す場所なのだ。

小梅はその日、天明屋の事務所のアルバイトの昼休みに、大学の学食へと来ていた。

やたら明るい学食の隅っこでは、おなじく設計課題のために大学へ通い詰めの杉松《すぎまつ》たちがランチをとっていた。

「そういえば、月島氏。例のコンペの件だけど、天明屋先生はマジで応募するつもりなん？」

杉松に訊かれ、小梅は首を捻った。

「どうかなあ」

あれ以来、最近までずっと、天明屋は一応スケッチブックを開いて設計のためのエスキスをするようになった。

けれど、真面目にやっているように見えたのは最初の数日だけだった。あとは事務所に置かれた値のはるテクノジェルの寝椅子《ソフト》や講師室にある日本人デザイナーの作品であるロッキングチェアにもたれかかって、やる気のない様子でスケッチブックにペンを走らせるばかりだ。

いつだったか、「そんな風に寝っ転がってて、ちゃんとデザインできるんですか？」と訊いた時があった。

天明屋専用の特薄アイスコーヒーを置くと、彼は礼をいってから小梅にこう答えた。

「こういうのは直感が大事だから。心配しないでも大丈夫だよ。ああ、イメージが泉のように湧き溢れてくるなあ」

完全棒読みであった。へのへのもへじでも描くように彼はサラサラサラとペンをひたすら紙面に滑らせていた。

――小梅は天明屋のやる気のない姿を思い出し、首をすくめた。

「あんまり気が進まないみたい。神様とか信じてないからなのかなあ」

すると、杉松の横に座っていた逸瀬《いつせ》が身を乗り出してきた。

「いや、そんな珍しいケースでもないよ、それ」夏の間に日焼けした逸瀬は、少しだけ顔色がよくなったようだ。前は死人のような顔をしていたのに。「宗教施設の設計ってのは建築業界ではデカい仕事なことも多いし、建築家の有名どころはだいたい一度はキリスト教の宗教施設を手がけてるもんだけど。でも、みんながみんなその宗教の信者ってわけじゃない」

　ふと見れば、今日の逸瀬は襟のところがヨレヨレになった小汚いTシャツ姿だった。あの雑然としたワンルームにあった服の山の中からでも引っ張りだしてきたのだろうか。なんというか――女の子にモテそうなファッションとは程遠く、以前見かけた『サークルリア充』の部長らしいセンスは消えていた。けれど杉松と並んでなんら違和感のないこの逸瀬のほうが、案外本当の彼だったのかもしれないと小梅は思った。もさったく生まれ変わった逸瀬は続けた。

「建築史を見れば、ガウディなんかはたしかに敬虔《けいけん》なカトリックだけど。でも、キリスト教徒以外の建築家だって教会建築はやってるよ。宗教建築の中でも、キリスト教の教会は設計依頼が多いからね」

　小梅が頷《うなず》くと、深い考えなくあっさり逸瀬の謝罪を受け入れた杉松が、喉《のど》を上下させてカレーライスをゴクゴク飲みながらこういった。

「ま、天明屋先生贔屓《ひいき》の加古川教授が意気込むのもわかるお。こういうオイシイ仕事が都合よく天から降ってくるなんてことは滅多にないからな。このデカい仕事に天明屋先生を捻《ね》じ込めたらって思う気持ちもわからんでもない。だろ？　月島氏」

「それはまあ、複雑ですが、そうでしょうね、はい」

　変な敬語になって、小梅は頷いた。出来レースなんていけないことだという正義感と、天明屋に新たな設計をしてほしいという願いを天秤《てんびん》にかけたところ、僅差《きんさ》で正義感はどこぞへふっ飛んだ。グッジョブ加古川教授とまでは思わないが、業界のルールも知らない小梅が口を出すのも躊躇われるし、どうしても天明屋に新たな設計の仕事をしてほしかった。もっとも、ここまでお膳立《ぜんだ》てされてもなお、肝心の天明屋にやる気はまるで出ていないようだが。

「心配せんでも、お縄はないお」両手首をくっつけてそういってから、杉松は眼鏡をふくよかな頬で持ち上げた。「それより、天明屋先生が個人の邸宅以外を設計するのなんて初めてだお。先生の作品楽しみにしようぜ、天明屋空将の一ファンとしてさ」

しかし、案の定小梅の懸念は的中した。一カ月も経たないうちに、天明屋はスケッチブックをほとんど開かなくなってしまったのだ。

加古川教授の講演会が行われるその日、事務所に置きっ放しになっていたスケッチブックを小梅は講師室へと持っていった。

「先生。これ、事務所に置いてありましたよ」

しかし、天明屋は興味なさげにこう答えただけだった。

「それ、わざわざ持ってきたの？　いいよ、もう要らないから捨てておいて」

それは、彼がスケッチブックを開かない期間が長引くうちに、なかば予想していた言葉ではあった。それでも小梅は食い下がった。

「でも、完成近くまでできてるのに……」

中をパラパラと捲《めく》ると、すでにほとんど形になっているのがわかった。小梅は、勉強したばかりの知識でこれがどんな建物になるのか想像した。

天明屋は肩をすくめて立ち上がった。

「いいんだよ。遊びで描いてただけだし。仕事をしたくなったらちゃんと自分で選んでやるから。そう心配しないで。それじゃ、僕は昼に出てくるから」

すれ違いざまにぽんと肩を叩いていった手は、いつもとおなじように軽かった。

小梅は、手の中にある天明屋の筆跡を目で追い、やがてあることを思いついた。

「あ、そうだ」

例の問題の答えがわかったのは、今朝のことだ。少し考え、小梅はちょっと笑った。このくらいなら、天明屋も笑って許してくれるだろう。小梅はおもむろに、スケッチブックを机の上に広げた。

――三十分後、壁の時計を確認して小梅はハッとした。

「もう行かなきゃ、加古川教授の講演会始まっちゃう」

講演会の行われる講堂に行くと、すでに席は八割がた埋まっていた。なかなかの盛況ぶりであった。講演会が終わって戻ってくると、もう天明屋の姿は講師室にはなかった。ページが開かれたまま置きっ放しになっていたスケッチブックを抱きしめ、小梅は肩を落とした。

「やっぱり駄目、か……」

3

事件が発覚したのは、大学の後期が始まったある日のことだった。

その日、小梅は驚きと喜びに居ても立ってもいられず、天明屋の講師室へと飛び込んでいった。

「――先生！　おめでとうございます‼」

息を切らせて駆けつけた小梅に、天明屋はきょとんとした目を向けた。その横には、心の恋人の一部であるカメレオンの模型を造型している杉松の姿もあった。

「どうしたの、そんなに慌てて。なんのお祝いだい？」

「もう、そんなことといって、先生も人が悪いですね。例のコンペ、興味ないなんていってましたけど、やっぱり応募してたんですね。ほら、見てください」

小梅は、『カレーメン』の部室から引っぺがして持ってきた型落ちの古いノートパソコンを天明屋に見せた。

「一次選考、みごと通ってましたよ」

「マジか！」杉松が眼鏡をあげ、小梅からノートパソコンを奪い取った。「……ん？　なんだこりゃ。変だお」

杉松の呟きに、小梅は目を瞬いた。杉松は、天明屋をちらりと見てこういった。

「天明屋先生、ご覧くだされ。どうやらこれは、月島氏に以前見せてもらった先生の作品ではあらぬようでございますな。激似ではありますが」

「だろうね。僕のだってことはあり得ない」ノートパソコンを見もせずに、天明屋は頷いた。「だって僕は、コンペに応募なんてしていないからね」

「えっ……？」

小梅は思わず息を呑んだ。杉松の横に顔を並べ、もう一度まじまじとパソコンの液晶画面を睨《にら》む。

そこにはたしかに、天明屋の描いたデザインとほぼおなじ作品が一次選考通過との説明で表示されている。一次選考中には伏せられていた、応募者の名前もしっかりと明記されていた。応募者名を確認すると――。

「天明屋先生じゃ、ない……」

そこには、『皆越悟《みなこしさとる》』と記してあった。

「皆越悟って……、うちの大学の先生じゃなかったか」杉松が、驚いたように眼鏡を曇らせた。「建築学科の非常勤講師で、たしか、加古川教授の肝入《きもい》りでうちの大学に来たんじゃなかったっけ。うん、やっぱりそうだお。加古川教授が、ワールドワイドな教え子だって自慢してたの覚えてる。教授、英語とかグローバルって響きに弱いから」

「そうなの？　どうして、その先生の名前がここに……」少し考え、小梅はハッと呟いた。

「まさかこれ、盗作……ってことですか」

目をあげると、杉松も難しい顔をしている。「わからん」

しかし、ウェブ上に表示されている設計は、今は小梅の家に置いてあるスケッチブックに描かれたものと酷似《こくじ》しすぎている。この皆越悟は、天明屋の設計を盗作してこの大型のコンペに応募したということなのだろうか。けれど、小梅は皆越悟という非常勤講師を知らない。

小梅は、思わず天明屋を見た。「先生っ」

天明屋は、表情一つ変えずにひらひらと手を振った。

「そんな顔しなくても、こんなの大袈裟《おおげさ》に騒ぐような問題じゃないよ」

「で……、でも……」

「僕はなんとも思ってないから、気にしないことだ。それじゃ、次の講義があるから行くよ」

さっさと準備をして、天明屋は講師室を出ていってしまった。

小梅は、助け船を求めて杉松を見た。だが、杉松も手無しとばかりに首を振った。

「先生がいいっていうんなら、漏れたちにゃどうしようもないだろ。そもそもこれが本当に盗作だったとしても、違法性を証明するのは困難なのだよ、月島氏」目を瞬いた小梅に、杉松は続けた。「昔から、建築物の著作権侵害は立証が難しいんだ。だから、たとえ盗作と思われる類似性の高い設計が発表されたとしても、問題提議はできたって差し止めなんかはできやしない。放っとくしかないんだよ」

「それじゃ……、泣き寝入りってこと?」

「天明屋先生の言葉を借りるなら、大袈裟に騒ぐような問題じゃないってことだ。オトナの世界ってのは、漏れたちが思うようにはできておらんのだよ」

それはやはり、どうにもならないからということか。けれど、どうしても小梅には冷静に黙って見過ごすなんてできなかった。なりふり構わず、小梅はこういった。

「……あたし、皆越先生に直談判してくる！　コンペに応募したこの作品は、取り下げてくださいって」

杉松に止められるのも聞かずに、小梅は皆越悟の姿を捜して大学を走りまわった。


携帯電話で大学の運営しているウェブサイトにアクセスして皆越悟の講義スケジュールを確認し、小梅は非常勤講師たちのために用意された休憩室のドアをノックした。中には数人の非常勤講師の姿があったが、すぐに皆越悟は見つかった。

柔和な顔立ちをした小柄なその男は、頭を掻《か》いて小梅を見た。

「ええと君は……」学生の顔の記憶に自信がないのか、皆越は困ったように肩をすくめた。

「名前は？　僕の講義を取ってる子かな」

「いえ、あたし、経済学部二年の月島小梅といいます。皆越先生に折り入ってお話があって……」小梅は皆越の周りを見た。ここは人目が多すぎる。「ちょっと、二人だけでお話しさせてもらえませんか」

　皆越は戸惑った様子で、小梅を見た。

「なんでまた、僕と？」

「今日、一次審査の結果が発表された、加古川教授が審査員になっているあのコンペの件なんです。すみません。どうしても、人に聞かれたくなくて」

　皆越の目の奥が、一瞬ハッとしたように見えた。小梅は廊下の隅に彼を連れ出すと、まわりに注意しながら小声で話し始めた。

「皆越先生、あたし、コンペの一次審査の結果を今日拝見したんです。どうかお願いします。あのコンペに応募した作品は、取り下げてください」

「え、それは僕にコンペを辞退しろってこと？　たしかに僕は加古川教授が審査員をやってるコンペに応募してるよ。だけど、なぜそんなことを君が僕に……」

　戸惑っている様子の皆越に、小梅はこれまでのことを説明した。皆越は眉間《みけん》に皺《しわ》を寄せ、真剣な表情で小梅の話を聞いていた。けれど、皆越は首を振った。

「君はなにか誤解しているようだね。僕は、天明屋先生の設計を盗作なんてしてないよ。だから、そんなことをいわれても困る」

「け……、けど……」

小梅は、慌てて携帯電話を取り出した。天明屋のスケッチをカメラで収めていたのだ。携帯電話のデータフォルダを開いて、小梅は皆越に差し出した。

「小さくて見にくいんですけど、これ、天明屋先生が引いていたパーススケッチを撮った画像です。コンペを通過した皆越先生の応募作と、……申し訳ないですけど、どう見てもそっくりなんです。だから――」

しかし、皆越は首を振って天明屋の設計を見ようとはしなかった。

「知らないよ、本当だ。だいたい僕は、非常勤講師をやってはいるけど大学にはほとんどいない。天明屋先生の設計と僕の応募作が似てたとしても、それは偶然の一致だ。僕には天明屋先生の設計を応募前に見る暇なんてない。いや、不可能だよ」皆越は小梅をまっすぐに見て続けた。「調べてもらえればわかると思うけど、講師の仕事以外では僕はほとんど海外出張の身だ。天明屋先生の設計をわざわざ見に行く余裕なんかないよ。それとも、僕に盗作することができたって証明できるの?」

気分を害した様子の皆越に訊かれ、小梅は詰まった。「それは……」

皆越の反応は、にべもなかった。

「証明なんてできないよ。だって本当に不可能だし、全部君の誤解だから」皆越は、慌ただしい動作で腕の時計を睨んだ。「もうこの話はお終《しま》いでいいかな。次の講義があるんだ。

い。


それじゃあ」

さっさと踵を返した皆越の背に、小梅は思いきって言った。

「ど……、どうしても取り下げてくれないなら、加古川教授にいいます、あたし」

脅しのようで、出したくない名前だった。それでも天明屋の作品が盗作されるよりはいい。

するとと、皆越が足を止めた。ゆっくり振り返り、彼は冷ややかな目で小梅を見た。

「どうぞ。君の納得いくようにしてください」

皆越は、今度こそ行ってしまった。その背を、小梅は唖然《あぜん》として見送った。ふと気がついた時には、講義開始を告げる鐘《かね》の音が響いていた。


天明屋のためにも、事を荒立てたくないのは小梅もおなじだった。だから気は進まなかったが、他にどうしようもない。小梅は加古川教授が講義を終えて帰るところを待ち伏せ、逸《はや》る気持ちで挨拶《あいさつ》と自己紹介を済ませると、経緯を手短に説明した。

「加古川教授、どうかお願いします。今度のコンペで、皆越先生の作品だけは通さないでください。あれは天明屋先生の設計と雰囲気がとても似てますけど、天明屋先生はいっさいタッチしてない作品です。だから絶対に無理に推したりは――」

「突然、いったいなにを……」

しばらく加古川は、怪訝《けげん》そうな顔で小梅を見つめていた。だが、やがて、小梅が盗作の他に出来レースの件までもを示唆《しさ》していると察したのか、加古川教授は強く咳《せき》払いをした。そして、紳士らしく丁寧な口調でこういう。

「あなたがなにをいっているかわからんが、余計な心配はやめなさい。あなたにはあなたのやらなければならないことがあるでしょう。学業に専念することが、あなたが今一番すべきことだよ」

「でも、天明屋先生の設計が盗作されたとあっては、集中して勉強できません。どうか約束してください。皆越先生の設計は採用しないって」

しかし、加古川教授は首を縦《たて》には振らなかった。

「たしかに盗作が行われたという証拠はないんだろう。なら、わたしは盗作はなかったと結論づける。不正がない以上、わたしは、自分が一番優れていると思った作品を推す。他にどんな確約もできない。だから、あなたはこのことは忘れて、自分の勉強に専念しなさい」

労《ねぎら》うように――子供をあやすように、加古川教授はぽんぽんと小梅の肩を叩いた。そして、さっさと懐《ふところ》から携帯電話を取り出すと、誰かに電話をかけるふりをして足早に小梅の前を去った。

ほとんど誰からもまともに相手にもされず、小梅はへなへなと床に座りこんだ。

「そんな……。どうしよう」

失望感に、小梅は目元を手で覆った。

加古川教授は天明屋を気に入っている。つまりそれは天明屋の設計を高く買っているということだ。ならば、あの皆越の応募した設計が優れていると評価されてしまう可能性は十分にある。

手で覆った小梅の瞼《まぶた》の裏には、天明屋の描いたあの美しいパーススケッチが焼きついていた。家に帰って実物を見返さなくてもわかった。皆越の応募したあの設計は、絶対に天明屋のパーススケッチを元にして作られている。

4

皆越どころか加古川教授からまで門前払いを食らった小梅は、それ以来、天明屋の講師室で缶詰めになっていた。

こうなってしまった以上、皆越の盗作をなんとかして証明する以外にない。小梅は、急いで皆越のいっていたことが嘘でないか調べた。

幸いなことに、講義スケジュールにしても一建築家としての活動にしても、皆越の情報は彼の所属する会社のウェブサイトに公開されていた。大学のウェブサイトと皆越の所属する従業員百人ほどの建築設計事務所のウェブサイトを印刷して見比べながら、小梅はメモを走らせた。

普通なら毎週決まったコマ数の講義が入るものだが、たしかに皆越は頻繁に海外渡航をしているようで、前期の講義の入り方は不規則で、大きく期間が空くこともあるようだった。小梅は、家から持ってきたスケッチブックを見つめて考えた。

夕暮れに差しかかった頃、天明屋が講義から戻ってきた。皆越のスケジュールを洗い出している小梅に気づくと、彼は眉をあげた。「まだやってたの、それ」

「だって、このまま放ってはおけません」

「そんなに目くじら立てて怒らなくても大丈夫だよ。どうせあの設計はコンペを勝ち抜きはしない」

「そんなの、わかりませんよ」

「どうして」

「それは……」

あの日、加古川教授は天明屋の設計がコンペに応募されれば必ず選ぶといっていた。皆越の設計がここまで天明屋の設計と酷似しているなら、優れた作品だと評価して採用されてしまう可能性もあるのではないか。

けれど、小梅の懸念とは裏腹に、天明屋には焦る様子は少しも見えなかった。

「時間の無駄だと思うけど。それに皆越先生は、そのパーススケッチを見てないだろうから」こともなげにそう首を振ると、天明屋は続けた。「若い時間をそんな暗いことに注ぎ込むなんてもったいない。君の年齢なら、もっと楽しいことがあるだろうに」

「この作業、こう見えて滅茶苦茶楽しいんです。若い女子にはもう辛抱たまりませんよ」

「君がそういうならしょうがないけど」天明屋は肩をすくめた。「じゃ、遠慮なく僕は帰るよ。プライベートでなにをしようと君の好きにしていいけど、事務所ではそれはやめてね。僕の目には、どう見てもあんまり楽しそうには思えないから」

「わかりました」

天明屋に頷き、小梅はまたメモを取る手を動かし始めた。

いつの間にか、外は真っ暗になっていた。休みなく動く小梅の手元を、夕日に代わって蛍光灯の白い光が照らしていた。今日の居酒屋のアルバイトは遅番だ。小梅はギリギリまで大学に残るつもりだった。

——調べ出してすぐに、気がついたことがあった。

天明屋の事務所にスケッチブックが置いてある時は、小梅以外の誰も中身を見ることはできなかったはずだ。ならば、あれが覗《のぞ》き見られたのは大学に置かれた時以外にない。

そして、事務所に投げ出されていた完成間近のパーススケッチを、なんとか完成させてもらおうと夏季休暇中にしつこくこの講師室に持ってきたのは、——他ならぬ小梅自身だった。

院生室とは違って鍵の管理も杜撰《ずさん》なこの講師室でならば、天明屋のスケッチブックを誰でも見ることができたはずだ。

（あたしが、このスケッチブックを大学に持ってきてなければ……）

小梅は、唇を嚙《か》みしめた。

天明屋の作品を冒瀆《ぼうとく》することだけは、絶対に許せない。

けれど、調べれば調べるほどに小梅は落胆《らくたん》した。講義のある前期とは違い、まとまった時間の取れる夏季休暇中、皆越は本当にほとんどずっと渡航先のアメリカで活動していたようなのだ。文字通り、ほとんど国内に戻っていない。ウェブ広報に力を入れている彼の建築設計事務所でも皆越のアメリカでの実績は前面に押し出されており、特に最新の建築設計については詳細な内容が載せられていた。当然ながら、海外から天明屋のスケッチブックを覗き見る方法などあるはずがない。

どうやらここ数日も皆越は講義を休講にしてアメリカに渡航しており、帰りは来週になるらしい。

「このウェブサイト自体がアリバイ工作の嘘なら、こんなの考えなくてもいいんだけど……。そんなわけないしなあ」

「いや、どうかな。あるかもしれないお、その線も」

急に声をかけられ、ぎょっとして小梅は飛びあがった。振り返ると、そこには杉松がいた。その横には、『カレーメン』の部長や逸瀬の他に、岸本《きしもと》の姿まであった。

そういえば、逸瀬にくっついて岸本までもがプライドを捨てて杉松に謝り、『カレーメン』に潜り込もうとしているという話を聞いたことを小梅は思い出した。『サークルリア充』が活動休止になった隙間をフットサルサークルでは埋めきれず、寂しくて仕方ないらしい。

すると、杉松がいった。

「月島氏も聞いたことくらいあるだろ。宗教団体の受注って、基本奪い合いなんだよ。彼《あ》奴《やつ》ら資金潤沢だし、あんまりみっともない建物作ると信仰対象の威信に関わる。だから宗教施設にゃ金かけるし、金払いもいい。大手はどこも社員を信者にして宗教団体に潜り込ませていつ大型の建築計画が立ち上がるか探りを入れてるって噂だし、皆越先生の事務所が加古川教授の動きを知ってそういうことに手を染めてたとしても、そう不自然な話じゃない」

杉松の意見に、小梅は愕然《がくぜん》とした。

「事務所絡みなら……、皆越先生のアリバイを調べる意味なんてないんだね」

大学内には誰でも入れるのだから、疑われる心配のない別の誰かにこのスケッチブックを見張らせるほうが合理的だ。そして、見ず知らずの誰かがスケッチブックを盗み見たのであれば、小梅に立証は不可能だ。

「だからやめとけっていったんだ。先生もいってたんだろ？　時間の無駄だって」

「そうだよ、月島さん。天明屋先生が気にしないっていってるんなら別にいいじゃん、そんなに頑張らなくても」

そう続いたのは、岸本だ。逸瀬は意見なしということか、ただ肩をすくめただけである。

「いいんです。あたしが好きでやってることですし」

小梅は首を振って席に戻った。無駄に終わるとしたって、なにもせずにはいられない。これは、小梅の過失で起きた事件なのだ。

すると、それまで黙っていた影の薄い薄井《うすい》部長が頭を掻いた。

「月島ちゃん。俺らで飯でも食いに行こうって話になったから声かけに来たんだけど」

「すいません、今日は遠慮しときます」

「だよね。じゃあ、あんまり根を詰めすぎないようにね」

部長や杉松たちに挨拶をして、小梅は印刷した皆越のスケジュールにまた目を落とした。

再び一人きりになると、小梅は深々と息を吐いた。杉松の意見を聞いてしまうと、まるで自分が賽《さい》の河原《かわら》の石積みでもしているような気持ちになった。もしかすると、今さらなにをしてももう無駄なのかもしれない。

行き詰まった小梅は、天明屋のスケッチブックを開いた。そして、そこに描かれたパーススケッチにスチレンボード板を載せて、模型を作り始めた。キリキリとカッターナイフを走らせ、形にしていくうちに、雑念が消えた。

彼の作る建築には、孤独と暗闇——温《ぬく》もりと光がある。天明屋の設計した邸宅を、「わたしだけの居場所」と評したのは誰だっただろうか。一人で暮らすために作られた邸宅に落ちる空からの光は、まるでつい今まで誰かそこにいたかのような温かみを残す。そっと繋いでいた手を離したような瞬間が、邸宅の中には刻まれていた。誰にも知られることのない心地よさは、冷たくて温かい。天明屋がこの世界に生み出した空間は、そういうものだ。

それはきっと、このコンペ用に作られた作品も同様のはずだ。

「……」

――小梅は、涙の滲《にじ》んだ目尻を手で拭《ぬぐ》い、模型作りを中断した。そして、また無駄に終わるかもしれない皆越のアリバイ確認作業を始めた。

5

その三日後、小梅は杉松たちのいるであろう院生室に走っていた。

「杉松いる⁉」

鍵の開いていた室内に飛び込むと、小梅は肩を落とした。肝心の杉松がいない。代わりに、猫柳や逸瀬たちがいた。いつかの天明屋の説教が効いたのか、猫柳は幻の院生を辞めて少し真面目になったらしい。余すところなく猫のシールが貼られた製図板を、必死な形相で睨んでいた——あの製図版は大学の備品なような気がしたが、今はとりあえずそれはいい。

小梅の剣幕に、逸瀬が目を丸くしてこういった。

「杉松は今日来てないぜ。血相変えてどうしたの、月島さん」

「あっ、はい……」

全速力で駆けてきたから、息が荒い。小梅はそばの椅子にしがみついた。この際、建築学科に所属しているなら逸瀬でも構うまい。

「わかったんです、皆越先生が天明屋先生のスケッチブックを盗み見た日が！」小梅は、驚いている逸瀬たちにこういった。「夏休み中に講演会があったでしょう、加古川教授の。あの日、加古川教授の講演会を聞きに皆越先生も大学に来てたらしいんです。皆越先生は、加古川教授の教え子だから……」

「そういえば、そんなんあったな」逸瀬は頷いて続けた。「俺らも準備手伝ったよな、加古川教授にいわれて」

「ああ、あん時ね」猫柳も思い出したように顎《あご》に人差し指を当てた。「皆越先生来てたっけ？　逸瀬君たちは、覚えてる？」

「どーだったかなあ。いたような気もするけど」

岸本は早々に「覚えてない」の一点張りで自分の課題に没頭し始めた。すると、逸瀬が思いついたように携帯電話を取り出した。

「そうだ。俺、あの時携帯で会場の様子を撮ってたんだよ。もしかしたら皆越先生写ってるかも」

「マメだねえ、ホント。加古川教授への媚《こび》売りに余念がないんだから、逸瀬君は」猫柳がニヤニヤ笑って顔をあげた。「効くの？　それ」

「まあな」決まり悪そうに舌を出し、逸瀬は携帯電話をタップし始めた。「加古川教授ってておべっかにはすんげえ弱いから」

小梅も急いで逸瀬の携帯電話を覗き込んだ。すぐに「あっ」と声をあげる。

「いた！　いました、今、皆越先生、客席に！」慌てて小梅は逸瀬から携帯電話を捥《も》ぎ取った。「やっぱりそうです、これ、皆越先生です」

「あれま、本当だ」感心したように猫柳がいう。「けど、なんでこの講演会の日に見たってわかるのさ」

「思い出したんですけど、講演会の日、あたし、天明屋先生のパーススケッチにちょっと手を加えたんです」小梅は、興奮して早口にいった。「天明屋先生がもう作業進めるのやめるっていってたから、もしもう一回スケッチブックを見たら笑ってやる気になってくれないかなって思って」

そういうと、小梅は今度は自分の携帯電話を取り出した。

「ほら、これです」

天明屋が描いた建物の中には、カフェのような丸テーブルと椅子のセットが置いてあった。その少し風変わりな形の椅子は——三本脚だった。

「……なんなの？　これ」

「前に天明屋先生に出された問題の答えです」短くいうと、小梅はコンペの一次審査を通過した皆越のパーススケッチを取り出した。「ほら、これ、印刷してきたんですけど、見てください。三本脚の椅子がここに描いてあるでしょう」

「本当だ」

「あのですね、この三本脚の椅子とテーブルのセット、加古川教授の講演会の前にあたしが描き足したんです。これを見てくれたら、答えを見つけたご褒美《ほうび》に設計頑張ってくれるかもしれないと思って」あの日のことを、小梅は思い出した。「でも、天明屋先生がスケッチブックを見てくれた様子はなかったから、こんな落描き残しておいてもしょうがないと思って講演会が終わってすぐに消しちゃったんです。やっぱり先生の設計に悪戯《いたずら》描きなんて悪いとも思ったし」

「え、じゃあ……」

「そう！　天明屋先生のパーススケッチを盗み見たタイミングは、加古川教授の講演会の時間以外にあり得ないってことです」

「ふええ。恐ろしいね、月島氏の根性……いや執念……いや怨念《おんねん》」

感心したようにそういったのは、身震いの素振りまで見せている猫柳だ。今度は逸瀬が、岸本を見た。

「おい、岸本。おまえ、あの日たしか会場の外の案内担当じゃなかった？　皆越先生が講演会の途中でトイレとか行かなかったか、覚えてないか」

「いや、どうだったかな。結構前だし、あんまり……」岸本は頭を掻いた。「悪《わり》ィ、月島さん。俺今締め切り近い課題で寝てなくて、あんま頭働かないんだ」

岸本の気のない返事に、小梅はガックリと肩を落とした。すると、逸瀬が小梅の肩を叩いてこういった。

「こいつ、本当に単位やばいんだよ、許してやってくれ。いっつも俺が手伝ってんだけど」

「岸本君に負けず劣らず、逸瀬君もデキない子だからねえ」

「今はまだ、だよ」猫柳の茶々に逸瀬はすぐにいい返した。「この間はコイツ、奇跡が起きて締め切りに余裕持って課題出してたみたいなんだけどさ。ほら、水曜四限のやつだよ。結構出来にも自信あったんだろ？　岸本」

「あん時の課題は得意分野だったんだよ」むすっとしたようにそっぽを向いて、岸本はブツブツといった。「ていうか、奇跡じゃねえっての。実力だっての」

「ま、何度も奇跡は続かないもんだよな」

すると、いつの間にか小梅の手から逸瀬の携帯電話を奪い取っていた男が声をあげた。

「お、ビンゴだよ。月島ちゃん、見てみな」

「え、あ」声の主を確認し、小梅はちょっとぎょっとした。「部長でしたか」

いつからいたのか、ちっとも気づかなかった。さすがの存在感の薄さである。意表を突いてしてやったりということか、薄井部長はニヤリと笑い、逸瀬の携帯電話を小梅に投げて寄越した。

「さっきの皆越先生のいた客席がまた映ってたよ。それも、空席の」

「あっ……！」小梅は目を見開いた。急いで撮影時間を確認すると、講演会の真っ只中だった。「やった！　逸瀬さん、この画像とさっきの画像、送ってもらっていいですか⁉」

「オッケー牧場」使い古されたダジャレをいって逸瀬が自分の携帯電話を受け取り、また操作し始めた。「けどさ、俺が思うにこれだけじゃ……」

逸瀬が顔をあげた時には、小梅はもういなかった。

皆越は、昨日アメリカから帰国したのだ。今日は、久しぶりに彼の講義が行われる。けれど、彼がまたすぐアメリカに戻ってしまうことも小梅は知っていた。だから、小梅は今日最後の講義をサボって、皆越の講義が終わるのをそわそわと待った。

ガヤガヤと出てくる学生たちをかき分けて、小梅は皆越の腕を摑まえた。

「皆越先生！　あたしに時間をください。お話ししたいことがあるんです」

「また君か……」

うんざりしたような表情で皆越は小梅を見た。

小梅は、まっすぐに皆越の目を見つめた。

「何度だって来ます。皆越先生が、あのコンペを辞退してくださるまで」

――十五分後、皆越が小梅を連れてきたのは、大学のそばにあるコーヒーチェーン店だった。ガヤガヤとうるさい入り口間近に座ると、皆越はコーヒーに口をつけて小梅を促した。

「で、今度はなに」

「皆越先生が、天明屋先生のパーススケッチを見た日がわかりました」そう切り込んだあと、慌てて小梅は皆越がコンペに応募した作品を出力したものを差し出した。「ほら、これを見てください。ウェブサイトに掲載されている皆越先生の応募作にも、天明屋先生のパースス ケッチにあった三本脚の椅子が描かれてるんです。これは、夏休みにあった加古川教授の講演会が始まる前にあたしが描きました。けど、あたし、この椅子を描いてすぐ消したんです。加古川教授の講演会が終わったあとに」

　手が、震えている。小梅は、早口で今しがたわかったばかりのことを説明した。けれど、話を聞いている皆越は顔色一つ変える様子はなかった。逆に、一方的に捲《まく》したてている小梅のほうが焦っている。

「あの講演会の時、会場の様子を写真に撮っていた人がいるんです。写真を何枚か見てわかったんですが、あの時皆越先生は中座してますね。時間がどのくらいだったかはわかりませんけど……」

「五、六分ってとこじゃないの。電話をかけに出ただけだから」

「証明できますか」小梅は、今度はあの日皆越にいわれたように訊き返した。「もし証明できないなら、皆越先生には天明屋先生のパーススケッチを見ることができたということになります」

頭の中でシミュレーションしてきたことはすべて口にし終えた。けれど、皆越の返答は予想外のものだった。

「だから、なに？」

「……え？」

「いや、だからなんなのかなと思ってさ」冷静さを崩さずに、皆越はまたコーヒーを啜《すす》った。「君が証明したのは、僕にも天明屋先生のパーススケッチを見るチャンスがあったかもしれないってことだけでしょ。それで僕が天明屋先生の設計を盗作したことになっちゃうの？　僕は、天明屋先生のパーススケッチには触れてもいないし、この目で見たこともないのに」

「それは……、でも……」

啞然としながらも、小梅はなんとかなにか言い返そうとした。けれど、なにも言葉が出てこない。

やがて、呆《あき》れたように皆越が小梅に訊いた。

「なにかまだいいたいことがある？　それとも、天明屋先生のパーススケッチから、僕の指紋でも出たのかな」

「……」

反論はなんにも出てこなかった。

たしかに皆越の主張は正しい。だけど、皆越が不可能だというから、可能なことを証明したのに――。

「今度こそ君の用件は終わりだね。もう二度とこんなことで時間を取らせないでもらえるかな。僕もこう見えて忙しいんだ」席に置かれたレシートをピッと取ると、止める間もなく皆越は小梅にいった。「さよなら、月島さん」

小梅を残して、皆越はさっさと店を出ていった。

6

大学に戻ってトボトボと構内を歩き、小梅は天明屋の講師室へと入った。中に天明屋はおらず、代わりに杉松がカメレオン模型を片手に『マリア』に座っていた。

「こっちにいたんだ……、杉松」

「おう、漏れを捜してたって部長から聞いたぜ。で、どうだった？　皆越先生のほうは」

「駄目。全っ然、駄目だった」

「やっぱりなあ。パクリなんて認めたら、違法じゃないとはいっても建築家としては終わるからなあ」驚いた様子もなく、杉松はいった。「裁判沙汰《ざた》になったって、認めないと思うお」

「そっかぁ……」小梅も肩を落として『ヴァイオレット』に座った。「あたしは、裁判沙汰とか違法性とかはどうでもいいから、ただあのコンペの応募作だけ取り下げてほしいだけなんだけど……」

「そんなん言っても、信じてもらえんだろ。それにあのコンペは、かなりデカい額が動くらしい。そう簡単には、皆越先生も先生の所属してる会社も引き下がれないだろうからな」

「杉松も、ちょっとは調べてくれたの？」

「そらな。漏れだって、万が一先生が泣いたら嫌だお。女に泣かされるのはいいけど、建築業界に泣かされるのだけはこの漏れが許さん」

　小梅もまったく同意見だ。けれど、もう打つ手がない。いっそ警察か、そうでなければ興信所にでも頼んで、本当にスケッチブックの指紋検出してもらうべきか。

　ぐったりと力が抜けて頬杖をつきながら、小梅は杉松に訊いた。

「杉松は課題とか忙しくないの？　院生室で、部長たちみんな頑張ってたよ」小梅は院生室の様子を思い出した。「猫柳さんとか岸本さんとか、かなり切羽詰まってる感じだった」

「ほほう。奇跡は二度起こらずか」

「そういえば、逸瀬さんもそんな話してたよ。岸本さんのことで」

「彼奴《あやつ》、おまいさんにも自慢してたろ？　この間の課題はいい評価もらえる自信があるんだって、うるさかったんだぜ」

「ううん。なんか今やってる課題で忙しくてイライラしてたみたいだった。岸本さんのやってる前の課題と今回のって、内容そんなに違うの？」

「いや、大差なかったはずだお。えーとたしか……」

杉松は、カメレオン模型を愛《め》でながら課題の内容を小梅に説明した。その内容に、小梅はみるみる顔色を変えた。

「えっ……、待って、それって」すぐに携帯電話を取り出して大学のサイトに繋いで講義のコマ割りを確認し、小梅は目を見開いた。「も、もしかして……！」

逸瀬がいっていた岸本の奇跡の課題を出した講義の担当者を調べると、小梅は『ヴァイオレット』を揺らして立ち上がった。

最後の講義が終わって一時間ほど経ち、非常勤講師用の休憩室には誰もいなくなっていた。皆越と、そして——岸本を除いて。

岸本は、眉間《みけん》に皺を寄せて黙りこんでいる皆越にこういった。

「お忙しい中時間を取らせてすいません。けど、皆越先生がアメリカに行く前に、どうしても話しておきたいことがありまして」そこで言葉を切り、岸本はちょっと笑った。「俺、加古川教授が審査員をしているコンペの存在ってのを最近知ったんです。皆越先生も知ってますよね？」

皆越は、黙ったままだ。当然である。今の二人の立場は、講師が学生の課題を採点している時とは真逆だった。圧倒的に有利なのは、岸本だ。

「で、結果をこの前ネットで見たんですけど。ビックリしましたよ、本当に。——あれ、この間提出した俺の課題、ほとんどそのまんま流用してますよね？」やはり皆越は口を開かない。笑ったまま、岸本は続けた。「こんなん、先生がやっちゃ駄目っすよね。建築設計の著作権侵害として立証するのは難しいから置いときますけど、講師が教え子である学生の課題を流用するのはさすがに大問題でしょ。大学の信用問題ですよ、ほんと」

小梅が大騒ぎをしているのを知った時、岸本は生きた心地がしなかった。

加古川教授の講演会が行われたあの日、案内係をサボって岸本は建築学科の構内をブラブラしていた。本当は、まるで目途《めど》の立っていない皆越の出した課題の設計に少しでも手をつけるつもりだった。けれど、やる気が起きないまま歩きまわるうちに、ドアの開いていた天明屋の講師室を覗き、岸本はパーススケッチの描かれたスケッチブックを発見したのだ。

その時は、単純にラッキーだと思った。未発表の設計なら流用してもばれはしないと思ったし、ばれる頃には卒業だ。呼び出されての内密な厳重注意で済むだろうし、出来心の言い訳も通用すると思った。だから咄嗟《とっさ》に携帯電話のカメラでスケッチブックを撮って、そのまま講演会の行われている講堂へ戻ったのだ。

天明屋の引いたパーススケッチを写した課題はまんまと皆越のチェックを通り、岸本はしてやったりだと思った。はじめは、小梅がそのことを探り当てたのだと思っていたのだ。だから、逸瀬や杉松から小梅の調べていることについて詳しく聞いた時は、まさかと思った。

コンペの存在なんて興味もなく当然知りもしなかったが、ネットで一次審査の結果を見て、疑念は確信に変わった。

皆越は、岸本が天明屋から盗んだ設計をそのまま流用してコンペに応募していたのだ。それも、恩師である加古川教授が審査員を担《にな》うコンペに。

おそらく皆越は、やる気もなく課題もいつも及第ぎりぎりの岸本なら民間のコンペなど存在にすら気づかないだろうとでも考えていたのだろうし、その推測は我がことながら正しかった。ただし、小梅たちさえ騒がなければの話であるが。

「……」

皆越の眉間に寄せられた皺が、どんどん深くなっていく。皆越を虐《いじ》めるのもここらが引き際のようだと岸本は思った。引き際を見誤れば火傷《やけど》では済まないことくらい、岸本にもわかっている。普段とっちめられている憂《う》さ晴らしをやめて、岸本は嗜虐《しぎゃく》的な表情を引っ込めた。

「ま、俺は別にわざわざ危ない橋を渡る気も皆越先生の恨みを買う気もないんで、金銭を要求しようとかいつまでもネチネチ脅そうとは思ってないっすよ。頼みを一つだけ聞いてもらえれば、今度のことは忘れます。俺バカだし」岸本は肩をすくめていった。「ただ、これから卒業までの間、課題の採点をちょっと甘くしてもらえれば――」

その時だった。

いきなり部屋の外から大声が響いたのは。

「待てぃ!!　おまいさんらの悪事、しかと聞きつけたりィィ!!」

余韻《よいん》が残るほどの大声だった。続いてドアを開ける音――いや、開けようとする大仰な音が響いた。ガタガタ、ガタガタガタ。しつこくドアを開けようとしている動きがあったが、無駄である。当然ながら、部屋の鍵は閉めてあった。

「……おーい、開けてくれ。漏れだ、杉松だお。それから月島氏もいるお。いっとくが、おまいさんらの悪事はばれてるお。今の会話もしっかり聞かせてもらったお。ただちょっと、正義の味方見参シーンが失敗しただけで」その声のあと、またガタガタガタとドアが揺れる。「おーい、こらこら、無視すんなし。開けてください、どうぞ」

素《す》っ頓狂《とんきょう》な杉松の声に、岸本は呆気《あっけ》に取られて皆越を見返した。けれど、こうなっては仕方がない。岸本はすぐに踵を返した。

出入り口はあそこだけだ。逃げ道はないし、籠城《ろうじょう》するわけにもいかない。——それに、正直なところちょっと、毒気を抜かれていた。逸瀬がなぜショボくて冴《さ》えない杉松なんかと仲直りしたがるのか理解できないと思っていたが、こういうところなのかもしれないなと岸本は思った。

ドアを開けると、ドヤ顔の杉松が仁王立ちしていた。その後ろで、小梅が額に手を当てている。

「……申し訳ない!!　本当に迷惑かけたよ、特に月島さんには。ついほんの出来心でってやつなんだ。まさかこんな大事になるとは思ってなくてさ」持ち前の調子の良さで、岸本はそういって顔の前でバチンと音を立てて両手を合わせた。「ほんとにごめん！　この通り、反省してます。今度から課題は自力でやります！　二度としません!!」

思いっきり謝られ、今度は小梅たちが目を見合わせる番だった。

小梅は、天明屋が岸本のことを知ったらどういう反応をするだろうかと考えた。結論はすぐ出た。怒らない。笑う。そして二秒後に忘れる。そのさまがありありと想像できた。天明屋にとっては、こんなことは三日前の天気よりどうでもいいことだ。

そして小梅も、天明屋の設計が別人の名前で実際の建物になってしまうならともかく、ただ課題に流用されただけならば天明屋が怒らない限りそう目くじら立てる必要はないと思った。

「まあ……、本当にもう二度としないって約束してくれるならあたしはいいですけど」そういってから、小梅はチクリと嫌味をつけ足した。「けど、あたしも結構大変だったんですよ。岸本さんがすぐに本当のことを話してくれたら、こんなに苦労しなくて済んだんですけど」

「悪かったよ、本当に。月島さんが頑張ってるのを見た時は、申し訳ないなと思ってたんだ。けど、自分の課題のキッさと差し迫《せま》る留年の危機についい」片目を瞑《つむ》って、岸本は痛そうな顔を作った。「今度ご飯でも奢《おご》るからさ、許してよ、な？」

小梅が岸本の頭ぽんぽんをスウェーバックで慌てて避けると、岸本は爆笑した。それから、後ろの皆越に目をやるとにっと白い歯を見せた。

「というわけで、皆越先生。今回の件は今この瞬間に忘れますんで、さっきの頼みはなかったことにしといてください。やっぱり課題は自力でやりまーす」

そういってぶんぶんと手を振ると、岸本はすたこらさっさと逃げていってしまった。杉松の恋人を攫《さら》った時も思ったが、逃げ足の速さにかけて岸本の右に出る者はそうはいまい。


岸本がさっさと逃げたあとで、小梅は杉松と共に振り返った。

そこには、ずっと黙ったきりの皆越が立っている。皆越はやはり——岸本のように、一筋縄ではいきそうになかった。けれど、今日講義が終わったあとに皆越にいった言葉に嘘はない。小梅は三度《みたび》、皆越に立ち向かった。

「皆越先生。今度こそ、コンペに応募したあの設計は取り下げていただけますね？」

しかし、皆越の返答は冷淡なものだった。

「……だから、どうして？」

「だって、今、岸本さんが……」

「僕は彼の話を聞いていただけだよ、月島さん。彼の課題を見てあのコンペの応募作を描いたなんてひと言もいっていない。岸本君はなにか勘違いしてたんじゃないかな。とにかく僕は、なにも知らない」

「そんな！　皆越先生！」

ここまで追い詰めたのにまだ悪《わる》あがきをしようとする皆越に、小梅はかじりついた。しかし、状況証拠がこれだけ揃っているというのに、皆越は苦虫を噛み潰《つぶ》したような顔でこういった。

「さっきも喫茶店で訊いたけど、証拠はあるの？　ないならこれ以上話すことはなにもない。僕は帰るよ。明日からまたしばらくアメリカ行きなんだ」なにごともなかったかのようにに荷物をまとめると、皆越はさっさとドアへ向かった。「それじゃあ」

なんと往生際の悪い。そう思っていると、横で杉松が肩をすくめた。

「……まあ、学生の課題を流用したとかマジで認めちまったら、皆越先生オシマイなことには変わりないもんな。仕事がなくなることはないだろうけど、出世は絶望だろ。せっかく築いたワールドワイドな実績が台無しだお」杉松は、眼鏡を取って脂《あぶら》っぽい指で拭った。

「漏れたちがいくら外部にいわないって約束したって、おいそれとは認められないだろうさ」

「でも……、もし皆越先生の応募作がコンペに選ばれちゃったらどうしよう」

「加古川教授の目が白くなるのを……じゃなかった、曇ってあの作品を落としてくれるのを祈るしかないお。これ以上、漏れたちにはどうにもできんだろ」

小梅は、加古川教授を思い返した。すでに目が曇っているような気がしなくもないが、今は彼の目を信じる他ない。けれど、天明屋の設計の評価が高いことも事実で、不安を振り払うように小梅は訊いた。

「盗作疑惑のある作品がコンペを通ったら、審査員だって責任を問われるよね。ほら、この間もこういうことで大騒ぎになったし」

国の威信をかけた大型建築のコンペで、コストが予想外に跳ねあがり、審査員となった有名建築家がバッシングを受けた事件を小梅は思い出した。すると、杉松が鼻の頭を掻いた。

「あれは盗作疑惑が問題になったわけじゃないし、別に審査員の責任じゃないと漏れなどは思っているが。建築費用なんか、設計からじゃ簡単に割り出せんからな。でもたしかに、世間は有名どころを叩きたがるものよな。加古川教授にも、そこらをわきまえて責任持って審査してもらいたいものだお。問題は、加古川教授が有名かどうかってとこだが……」

そういうと、杉松は眼鏡をかけ直した。「まあ加古川教授も、ああ見えて国内では両手の指……と右足の指に入るくらいの実力者だからな」

十五本か。いや、その表現なら十一位という可能性もある。小梅が顔をあげると、杉松はグフフと笑った。

「ま、とにかく加古川教授を信じるしかないだろ。最終選考くらいには残すかもしれんが、あれを採用するってことはないお、たぶん」

不安だ。限りなく不安だ。

なんといっても加古川教授は、出来レースに少しの躊躇いも覚えない男である。やはり、あの目の奥が真実を見通すほどに澄み渡っているとはどうしても思えない。

けれど他にどうしようもなく、小梅は祈る気持ちでコンペの結果を待った。

7

しかし、次に発表された結果に、小梅は拍子抜けした。

ノートパソコンでウェブ上の二次審査結果を確認した直後、小梅は目をまるくして顔をあげた。

「落ちてます。皆越先生」もう一度ウェブページを確認しても、審査結果はおなじだった。

「採用とか最終選考どころか、二次も通らなかったみたいなんですけど。皆越先生の応募したデザイン……」

「だからいったでしょ」こともなげに頷くと、天明屋は続けた。「あのデザインは絶対に通らないって。いくら加古川教授に人を見る目がなくても、あれを通すようなことはしないよ。あの人、ああ見えて建築に関してはすごい人だから。後進の育成分野についてはともかく、彼自身が優秀なのは誰もが認めるところだ」

けれど、これでは間接的に天明屋の設計が落ちたようなものではないかと、小梅は首を傾げた。すると、小梅の思考を察したのか、天明屋は苦笑した。

「前にもいった通り、あれは遊びで描いてたものだから。応募するにしても、ちょっと見はそれなりに見えてもちゃんと精査すれば不備が見つかるようにしてたんだ」小梅からスケッチブックを受け取ると、天明屋はそれをくるりと一八〇度回転させてみせた。「この設計は、実は上下が逆転してるんだ。このパーススケッチを見てそのまま鵜《う》呑《の》みにするような奴はよっぽどのバカか——さもなければ設計の素人だ。これを直接盗み見たのが皆越先生ということはあり得ない」

小梅は、「設計の素人」という言葉に思い当たるところがありすぎて目を見開いた。目に焼きつくほど何度も見ていたのに、全然気づかなかった。いや、それどころか、この設計をもとに模型まで作ったのに。しどろもどろになって小梅は訴えた。

「あ、あたしにもわかりませんでしたよ。全然」

「うん。これでしょ？」

天明屋がデスクの奥から取り出したものに、小梅はさらに大きく息を呑んだ。それは、小梅があれから時間をかけて作った、あの模型だった。

「よくできてるし、あの設計でもこの模型サイズなら建物として成立するんだってのは僕も意外だった。まあ、建材がスチレンボード板だったらの話だけど」天明屋は、にこりと笑った。「この模型が成立してしまったから、君は気づかなかったんだね。けど、よく頑張ったよ。この模型の出来だけでも、君には拍手を送りたいよ」

「天明屋先生！」小梅は赤くなって立ち上がった。引き出しの奥にしまった日記を見られてしまった気分だ。「どうしてその模型を先生が持ってるんですか。あたし、見つからないように隠しておいたのに」

「院生室のロッカーにね。僕が顔を出した時には、院生室の杉松君の彼女のそばに飾ってあったんだよ。もちろん、飾ったのは君の友人、杉松君だ。彼も感心してたよ、よくできてるって」杉松め、あとで説教タイムだ。「あのパーススケッチを最後まで完成させたのは岸本君だね。彼は上下が逆転してることには気づかなかったようだけど、課題に通る程度にはブラッシュアップさせたんだろう。おかげで、皆越先生の目に留まってしまった」

天明屋の優れた意匠と、設計としてそれなりに成立しているパーススケッチ。だから、皆越はそれをコンペに流用するアイディアを思いついたのだ。バルセロナ・チェアに腰かけた天明屋は、唇の端を片方持ち上げて笑った。

「コンペの結果に、一番ホッとしてるのは皆越先生なんじゃないかな。あんなものが通ったら、生涯の汚点だ」


小梅は後日、皆越が帰国するのを待って、彼をあの大学のそばのコーヒーチェーン店に呼び出していた。皆越の顔からは、これまでの冷ややかさは消えていた。たしかに天明屋のいっていた通り、この結果に安堵しているのかもしれなかった。

「……君も本当に諦めが悪いね。はじめに会った時は、ここまでしつこく追いかけられるとは思わなかったよ」

どこか柔らかくなった声で、皆越はそういった。

「四度目の正直です。皆越先生」小梅はいった。「結果として、あの設計はコンペの審査に残らなかったからよかったですけど。皆越先生に認める気がないのはわかってますが、二度とあんなことがないように、最後にもう一度お話しさせてもらおうと思ったんです」

「そう」皆越は、真剣な小梅の目に、呆れたようにため息をついた。そして、そのあとくすりと笑った。「君はとても大切に思っているんだね……、天明屋のことを」

「天明屋？」その呼び方に、小梅は首を傾げた。「もしかして皆越先生は、天明屋先生の個人的なお知り合いなんですか」

「あれ、聞いてなかったの。てっきり知ってると思ってたな」コーヒーをひと口飲んで、皆越は小梅にいった。「天明屋とは大学の同期なんだよ、加古川教授に一緒に教わったんだ。まあもっとも、天明屋の奴は入学してすぐに辞めて、とっととＭＩＴに入り直しちゃったけど。あの時、加古川教授は泣いて笑っての大騒ぎで、情緒不安定で仕方なかったのをまだ覚えてるよ。天明屋は大学時代から伝説みたいな奴だったからな」

「そうだったんですか……」

　小梅は、天明屋の学生時代の話を聞いて目をまるくした。彼らしいといえば彼らしい経歴である。とにかく天明屋は飽きっぽいのだ。

　遠くを見るような目で、懐かしげに皆越は語った。

「加古川教授が海外志向になったのもあれからだったかな。天明屋を欧米に持ってかれちゃったのが悔しかったのか嬉しかったのか、俺らにもとにかく海外に出て世界を広げろってうるさくてさ」皆越は、苦笑しながら肩をすくめた。「今となってはありがたかったけど。恩着せられて非常勤講師までやらされて、本当に寝る間もないくらいだよ」

僕より俺というほうが使い慣れているのだろう。皆越の砕けた喋り方は非常勤講師として接する時より素の彼に近い気がした。真実を言葉の裏に認めて心が軽くなったのか、皆越は饒舌《じょうぜつ》だった。

「今度のコンペもさ、スケジュール的にも無理があったし俺は出す気はなかったんだけど、加古川教授にうるさくいわれたから仕方なく出す羽目になったんだよ。まったく、天明屋にもおなじことをいってたなんて、いい面の皮だな」

「たぶんですけど、加古川教授は、天明屋先生にいくらいってもコンペに応募はしないことを見抜いてたんじゃないでしょうか」

「かもね」苦笑しながら、皆越は頷いた。「コンペの結果は正直どっちでもよかったんだ。ただうるさい加古川教授さえ躱《かわ》せれば。間に合わせで応募するにしても時間もないし、叩き台でもあればと思った時につい魔が差したんだ。あの岸本君が課題で出してきた設計は目を引くものがあったから。嘘をつかないように君の尋問を切り抜けるのに、これでも結構気を配ったんだぜ」

そういえば、皆越が否定していたのは、天明屋の設計からの盗作だけだった。岸本の課題を流用したかどうかについては、小梅は一度も訊かなかったのだ。

「どうして嘘をつかないようにしたんですか？」

結局盗作はしていたのだ。だったら嘘でもなんでもついて誤魔化《ごまか》せばよかったのに。

すると、皆越はいった。

「君の目が、あんまりまっすぐだったから……かな」

「え？」

首を傾げた小梅の肩を叩き、皆越は席を立った。

「天明屋に君みたいな子がついてて安心したよ。あいつ、ああいう奴だから日本じゃ苦労するんじゃないかと案じてたんだ」皆越の横顔が笑っている。「それじゃあね。来年は建築学科の講義で会おう、月島さん」


メンバーが増えた新生『カレーメン』有志による慰労会が始まったのは、その日の夜八時をまわった時のことだった。

「それじゃ、天明屋先生の設計死守成功を祝って……カンパーイ!!」

景気のいいその声と共に、一斉にグラスの当てられる音が響いた。今日ばかりは杉松や薄井部長が主役の天明屋を引っ張りだしていた。ゼロ次会とやらで彼らとビールを飲んできたという天明屋は、すでに目のまわりを赤くしている。

不自然なほど愛菜《あいな》と杉松を隣に座らせようとする逸瀬が愛菜に『やめて』という目で見られていたり、盗作流用の張本人であり悪の根源でもあるくせにちゃっかり出席してきた岸本がわんこカレーの刑に処されたりと、居酒屋の一角は笑えるほどカオスな状況が形成されていた。

まわりの大声にかき消されないよう、小梅は向かいの天明屋に大声で顚末《てんまつ》を報告した。

「……天明屋先生。前にいった通り、今日皆越先生と話してきましたよ。皆越先生、さすがにあたしのしつこさに呆れてたみたいで」

自分でも、きっと皆越はうんざりだっただろうなと思う。小梅は皆越と話したことをすべて説明し、ほろ酔いで赤らむ笑顔でいった。

「ちゃんと反省してたみたいでしたし、もうあんなことは絶対しないと思います。だから、安心してください」

「ん？　んー？　そうか、そうかな」ちゃんと聞こえたのかどうか、天明屋は赤くなった目を細めている。「そのうち皆越先生が暇になったらこういう場に呼んで、締め上げるとするか」

「いいかもしれません。賛成です、それ」

小梅は大きな声でそう答えたが、まわりの喧噪《けんそう》にかき消されてしまった。天明屋はまた口をパクパクとさせて小梅になにかいったが、全然聞き取れなかった。よくわからなかったが小梅がそのまま頷くと、天明屋も満足げに頷き返し、目を瞑って日本酒に口をつけた。

大騒ぎのまま、神保町《じんぼうちょう》の夜は更けていった。

8

その日、皆越は講義を終えて非常勤講師用の部屋に置きっ放しにしていた荷物を整理していた。非常勤講師の職に未練は微塵《みじん》もない。小梅には先があるようなことをいったが、皆越の内心は逆だった。加古川教授はいい顔をしないだろうが、それでも自分のキャリアのためにも辞めるならば早いほうがいい。

するとその時、開きっ放しになっていた部屋のドアをノックする音が聞こえた。顔をあげ、皆越は眉根を寄せた。

「……天明屋か」

「こうして話すのは久しぶりだな、皆越。さっきから慌ただしいみたいだけど、引っ越しの準備かい。時期外れもいいところだけど」

顔をしかめている皆越とは対照的に、天明屋は微笑を浮かべている。ドアに背を預けている天明屋に、皆越はいった。

「アメリカでの仕事がいよいよ大詰めでな。ちょっと国内での時間を取るのが難しくなった。辞めるなら早いほうがいいと思ってな」

「ふーん」天明屋は、腕を組んだ。「まあ逃げる言い訳くらいはなんでもいいが」

はっと目を見開いた皆越に、天明屋はいった。

「幼気《いたいけ》な学生相手に汚い嘘を吹き込むのは感心しないな。あのコンペの結果に執着してないなんて主張は、まだこの業界に詳しくないあの子じゃなきゃ信用しない」肩をすくめ、天明屋は続けた。「百歩譲っておまえが学生の課題を僕の設計の盗作とは思わなかったとしよう。だが、あれが加古川さんのコンペを通らないとまでは思ってなかったんじゃないか」

「……」

皆越は、なにもいわなかった。いうことができなかった。言葉が出てこない。

天明屋は唇の端を片方すっと持ち上げた。

「いいさ。答えはわかってる。だが、いつかあの子も真相に気づく日が来る。——その時は五度目の正直を覚悟するんだな、皆越」

　ふっと笑ってそういうと、手を振って別れの合図をし、天明屋は行ってしまった。

　皆越は、奥歯を噛みしめてその背を見送った。たかが小娘一人がなにを知ろうがどう皆越を責めてこようが蚊《か》に刺されたほどの害もない。だが――学生時代のように天明屋に見下されるのだけは許せなかった。アメリカでの仕事を成功させ、ようやく遥《はる》か先を行く天明屋の背が見えてきたと思っていたところだったのに。

　天明屋は、振り向いて皆越を見返すことは一度もなかった。

　それが皆越と天明屋の差のすべてを物語っているようで、皆越は叫んだ。

「糞《くそ》っ……‼」

　机を殴ってもなお飽き足らず、椅子を蹴り飛ばす。気がつけば肩で息をし、皆越は机に血管の浮かぶ両手の拳《こぶし》を押しつけた。それでも、深々と胸に刻まれた敗北感はどうしても消えてはくれなかった。もしかすると一生消えないのではないか――皆越の脳裏に、不吉な予感がよぎった。


　小梅が指示された通りに講師室で待っていると、やがて声がかかった。天明屋だ。

「遅くなったね、月島さん。待ったかい」

「いいえ。でも、いったいどうしたんです。今日は帰らないで待っててくれって……」

「あれ、覚えてないの。この間の『カレーメン』の飲み会の時に約束しただろう？　今回のお礼に、みんなとは別に君を飲みに連れていくって。特別に、学生の身じゃ飲めないような酒の味を教えてあげるよ」

「へ……？」

小梅は、ぽかんと口を開けた。そんな記憶は全然ない。少し考え、小梅はハッとした。あの騒ぎの中で、天明屋に某《なにがし》かをいわれて適当に頷いた時があった。あれは、今夜の誘いだったのか。

天明屋はにやりと笑い、小梅にこういった。

「例の椅子の問題もみごと解いたみたいだからね。今夜はAプラスの評価の代わりに、好きなだけ飲んでいい」

「え？」驚いて、小梅は目を見開いた。「けど、先生はあの講演会の日、スケッチブックを見返してはくれなかったんじゃ……」

「見たよ、もちろん。君からの秘密のメッセージもね。まさかあれが、今回の事件を解決する鍵になるとは思わなかったけど」そういって、天明屋は腕を組んだ。「面は三点の支えで成立する。ならば、四点目の支えができれば、当然それは余分だ。面はぐらつきやすくなる。面の安定という意味で考えれば、三本脚の椅子がもっとも優れているということになる」

「小学校の椅子って、あたしの記憶ではどれもグラグラでしたから」小梅は頷いた。「ガタつきがないのは、三本脚の椅子です。けど四本脚の椅子のほうが普及しているのは、転倒の面から考察された結果ですね」

「そう。支えが三点であれば、面は一定だからグラつかないが、重心が面を飛び出た途端に転倒してしまう。だが、四点の支えがあれば重心が面の外に出てもそう簡単に転ぶことはない。だから、安全面から考えてコストはかかっても四本脚の椅子が一般的になっているんだよ」労うように、天明屋は小梅にいった。「よく解けたね、おめでとう」

　オープンデスクとしての初仕事に及第点をもらえ、小梅は自然と顔が綻《ほころ》んだ。小梅に、天明屋はいった。

「それにしても、椅子の問題が解けたのはいいけど、今夜の約束を忘れてしまうなんて、君はあいかわらず酒癖が治ってないみたいだね。若い女性が記憶を失《な》くすまで飲んだりするのは感心しないな」

「違います、あの日はうるさくてよく聞こえなかったんです！」

慌てて反論したが、天明屋はにやにや笑うばかりであった。

「今夜こそは君の言葉の暴力とやらにやられはしないか心配だな」

「しませんって！　ていうか、そんな記憶さっさと忘れてください」

赤くなって捲したてながらも、小梅は急いでいつものトートバッグを持った。すると、そんな小梅に、天明屋は指の長い掌《てのひら》を見せた。

「はいどうぞ」

小梅は啞然として、天明屋に声をあげた。

「つ、繫ぎませんよ、手なんか絶対繫ぎませんよ⁉　ここ大学ですよ、わかってます⁉」

「まったく君は真面目だなあ」

「天明屋先生が不真面目すぎるんです」

「そういうところがいいところなんだけど。君の未来を僕は楽しみにしてるよ。君ならきっと、皆越先生くらいは軽く超えられる」

「はい？」

訊き返した小梅を促し、天明屋はさっさと歩いていってしまった。

「さあ、早く行こう。もう予約の時間なんだ」

「ま、待ってください、天明屋先生――！」

9

皆越が突然非常勤講師を辞めた一報を聞いて驚いたのも束の間、また慌ただしい大学生活が戻ってきた。転部の試験がもう間近に迫ってきている。出願は終わったが、通るかどうかはこれから決まる。

今日も睡眠時間を削って試験勉強に励《はげ》んでいると、ふいにバルセロナ・チェアに座って本を読んでいた天明屋が顔をあげた。

「なあ、月島さん。そういえば君に、訊きたいことがあったんだけど」

「はい」

正直邪魔してほしくなかったが、小梅は勉強の手を止めた。構わないと拗《す》ねて、また面倒なことになる。要は暇なのだ。ちょっと相手をしてやれば満足するだろうと思って次の語を待っていると、天明屋はこういった。

「あの盗作騒ぎの時、ずっと思ってたんだけど。僕は構うなといったのに、どうしてあんなにこだわったんだ？　みんな無駄だと思っていたし、杉松君でさえ、君には協力しなかったのに」

「それは……」

小梅が答えを探す前に、天明屋の声が続いた。

「もしかして、僕のことを好きだから？」

「……!?」

目を見開くと、天明屋の唇の端が片方、意地悪く持ち上がっている。自分が暇だからって、いきなりなんてことを訊くのだ、この男は。

悔しくなって、小梅は真っ赤になって椅子を立った。

「違います。あたしが好きなのは——あたしが恋しているのは、あなたじゃなくて、あなたの生み出す作品です!! 設計した建築家自身については、まったく微塵もなにも……っ」

腹立たしいことに、その答えも天明屋の満足いくものだったらしく、楽しげににやにやと笑っている。

「ふーん。へえ。そう」

「い、いやらしい態度ですね、まったくけしかりませんよっ。あたし、もう絶対に先生のことなんか知りません！　先生のために頑張ったりなんか、金輪際《こんりんざい》二度と絶対にしませんからね!!」

捨て台詞を吐くと、小梅は転部試験のための勉強道具を慌てて仕舞って講師室を飛び出した。このトートバッグに押しこめたものたちが、今の言葉が嘘であることを全力で天明屋に教えていることを、なかば自覚しながら——。

※この作品はフィクションです。実在の人物・団体・事件などにはいっさい関係ありません。

集英社オレンジ文庫をお買い上げいただき、ありがとうございます。
ご意見・ご感想をお待ちしております。

● あて先
〒101-8050　東京都千代田区一ツ橋2-5-10
集英社オレンジ文庫編集部 気付
せひらあやみ先生

建築学科のけしからん先生、天明《てんみよう》屋《や》空《たか》将《と》の事件簿

集英社
オレンジ文庫

2016年1月25日　第1刷発行

著　者　せひらあやみ
発行者　鈴木晴彦
発行所　株式会社集英社
〒101-8050東京都千代田区一ツ橋2-5-10
電話【編集部】03-3230-6352
【読者係】03-3230-6080
【販売部】03-3230-6393（書店専用）
印刷所　株式会社美松堂／中央精版印刷株式会社

※定価はカバーに表示してあります

ISBN 978-4-08-680060-0 C0193